中国历朝通俗演义
青少年白话文版 ⑨

明史演义

蔡东藩◎著

王 统 张雅婷◎改编

民主与建设出版社
·北京·

© 民主与建设出版社，2024

图书在版编目（CIP）数据

明史演义 / 蔡东藩著；王统, 张雅婷改编. -- 北京：民主与建设出版社，2024.1
（中国历朝通俗演义：青少年白话文版；9）
ISBN 978-7-5139-4447-2

Ⅰ. ①明… Ⅱ. ①蔡… ②王… ③张… Ⅲ. ①章回小说－中国－现代 Ⅳ. ①I246.4

中国国家版本馆CIP数据核字（2024）第017703号

明史演义
MINGSHI YANYI

著　　者	蔡东藩
改　　编	王　统　张雅婷
责任编辑	金　弦　唐　睿　宁莲佳
特约策划	任程民　向春婷　罗　双
封面设计	海　凝
出版发行	民主与建设出版社有限责任公司
电　　话	（010）59417749　59419778
社　　址	北京市朝阳区宏泰东街远洋万和南区伍号公馆4层
邮　　编	100102
印　　刷	三河市同力彩印有限公司
版　　次	2024年1月第1版
印　　次	2024年12月第1次印刷
开　　本	880毫米×1230毫米　1/32
印　　张	7.25
字　　数	178千字
书　　号	ISBN 978-7-5139-4447-2
定　　价	699.00元（全11册）

注：如有印、装质量问题，请与出版社联系。

目录 Contents

1. 明太祖出世 / 001
2. 朱元璋收编驴牌寨 / 007
3. 朱元璋成义军统帅 / 011
4. 朱元璋攻打张士诚 / 015
5. 三请名将 / 019
6. 重创陈友谅 / 022
7. 水关大战 / 025
8. 明太祖登基 / 029
9. 胡惟庸谋反 / 033
10. 沐英平定云南 / 037
11. 明太祖晚年诛杀功臣 / 041
12. 建文帝削藩引祸端 / 043
13. 靖难之役 / 047
14. 建文帝优柔寡断 / 051
15. 鬼门出逃 / 055
16. 郑和下西洋 / 059
17. 出尔反尔的下场 / 063
18. 迁都北平 / 066
19. 宣德之治 / 070
20. 土木堡之变 / 074
21. 回宫遭冷落 / 077
22. 八虎作乱 / 081
23. 盗贼横行 / 086
24. 宁王之乱 / 091

25. 武宗驾崩 / 097

26. 君臣之争 / 102

27. 内外纷争 / 107

28. 世宗崇道 / 112

29. 严嵩上位 / 116

30. 外敌入侵 / 121

31. 残害忠良 / 126

32. 奸臣赵文华 / 131

33. 严嵩的末日 / 136

34. 良将贤臣 / 141

35. 内阁纷争 / 146

36. 一代名辅张居正 / 151

37. 立储风波 / 156

38. 壬辰之役 / 161

39. 不受宠的太子 / 166

40. 强劲的外敌 / 171

41. 皇宫的斗争 / 174

42. 奸臣当道 / 178

43. 党狱惨案 / 182

44. 魏党倒台 / 185

45. 袁崇焕冤死 / 188

46. 李自成起兵 / 193

47. 温体仁排除异己 / 197

48. 失去议和机会 / 201

49. 明朝灭亡 / 205

 # 1. 明太祖出世

濠州的钟离县，相传是八仙之一的汉钟离得道成仙的地方，朱世珍一家就住在这里。朱世珍的妻子陈氏在怀第四个孩子时，梦到有神仙赐给她仙药，等到分娩时又有异象出现，最后生了一个白白胖胖的儿子，取名朱元璋。有人推测朱元璋的命理，说这是天子的命相。

朱元璋渐渐长大，长得高大魁梧，气度不凡。因为家里孩子多，又遇到灾年，地里的粮食颗粒无收，所以父亲朱世珍让四个孩子都到别人家打工谋生，养活自己。朱元璋就去给乡里姓刘的人家放牛。

至正四年（1344年），荒灾仍在继续。朱元璋的父母和三个哥哥相继去世，只剩下朱元璋和嫂子、侄儿三人相依为命。

当时朱元璋已经十七岁，他厌倦了这种暗不见光的日子，便跑到了皇觉寺，拜和善的长老为师，做了和尚。然而好景不长，没过几天长老便圆寂了。朱元璋在寺庙中没了依靠，人人都欺负他。

朱元璋忍受不了了，收拾了行李去云游四方。他刚走到合肥地界，就因为长途跋涉生了病，勉强找了一座凉亭休息。

朱元璋昏昏欲睡时，迷迷糊糊之中看到有两名紫衣人在照顾自己。渴了，身边就有甘甜的梨吃；饿了，枕头上面就放着大饼。没过多久，他的病就好了。

朱元璋在外游历了三年多，再回到皇觉寺时，寺庙早已变得残破不堪，僧侣们都不见了踪影。朱元璋一个人在寺里住了下来。

到了至正十二年（1352年）春，有个叫郭子兴的人联合孙德崖等人在濠州起义。元朝将领彻里不花奉命率军讨伐，但又因为害怕而不敢攻打，就随随便便抓百姓充数。百姓们都害怕被抓，纷纷收拾行李逃命。朱元璋看大家都走空了，一时间拿不准主意，便决定为自己的命运卜算一番。

朱元璋先为远行算了一卦，卦象显示凶；又为留下算了一卦，也显示凶。朱元璋很吃惊，心想：走也不是，留也不是，难道要起兵造反不成？他又卜了一卦，这次显示大吉。朱元璋跳了起来，当下跑到濠州兵营，喊着要找主帅，自己要入伍。

门口士兵见朱元璋径直闯入，把他绑了起来，押到郭子兴的面前。

1. 明太祖出世

朱元璋毫不胆怯，朗声说道："壮士投奔应该以礼相待，而不是用绳索捆绑他。"

郭子兴见朱元璋身形高大，器宇不凡，认为他不同凡响，便收他当了亲兵。

朱元璋打起仗来总是冲锋在前，在战场上所向披靡，很快就得到了郭子兴重用。郭子兴的夫人张氏说："妾看这个朱元璋不是一般人，他的谋略妾不知道好不好，但看他的外貌，的确与众不同，将来肯定有一番建树，应该对他施恩，才能让他为我所用。"

郭子兴说："我已经提拔他当队长了。"

张氏说："还是不够。我听说他已经二十五六岁了，还没有成亲，为什么不将义女马氏许配给他？这样一来能够让他为我们效忠，二来义女也有个归宿，一举两得啊！"

郭子兴一听，觉得这是个好办法，便依着夫人了。朱元璋和郭子兴两人本来是上下级的关系，这一下子就变成了更为亲密的翁婿。

这让郭子兴的两个儿子心里很不乐意，他们瞧不起朱元璋，不愿意与一个出身卑贱的人称兄道弟。为了挤走朱元璋，这俩人天天在郭子兴面前说朱元璋的坏话。

郭子兴本来对朱元璋深信不疑，但时间长了也被说得犯了糊涂，又凑巧两人在军事上面起了争执，郭子兴直接幽禁了朱元璋。马氏担心自己的丈夫，就跟郭子兴的夫人张氏求情，才得以救出朱元璋。张氏还把两个儿子训斥了一通。

战争打了几日，彭大、赵均用率众前来投奔，郭子兴高兴地大办酒席，以礼相待。

此时，元将贾鲁领兵攻到城下，郭子兴马上着急起来。郭子兴皱着眉问众人："现在怎么办才好呢？"

旁边忽然响起一个声音："不如坚壁清野，固守城池，等元兵

锐气尽散,我们以逸待劳,到时候再出奇制胜!"

大家循着声音看过去,发现是朱元璋,彭大和赵均用问:"这是谁?"

郭子兴说:"这是我的小婿朱元璋。"

彭大看了看朱元璋,又看了看郭子兴,随即说道:"他说的也不是没道理。不过我听说郭将军起兵以来战无不胜,现在元兵来了,不如杀出去,给他们一个下马威,我们可以随将军一起杀出去!"

郭子兴一听,顿时鼓掌说这样行事最好!朱元璋不好再争论,只能跟着郭子兴出城迎战。

元军气势汹汹地冲过来,郭子兴的士兵根本不是对手,只能匆匆撤退。最后在朱元璋的拼命抵御之下,才保住了城池。

退守濠州城的时候,赵均用和孙德崖秘密串通,阴谋夺权,趁朱元璋不注意囚禁了郭子兴。当时,朱元璋正在巡逻,忽然听说张氏秘密召见他,当下就去见张氏。郭子兴的夫人张氏已经哭成了一个泪人,朱元璋的妻子马氏也在旁边抹眼泪,朱元璋不禁惊讶起来,急忙问出了什么事情。

张氏于是把夫君郭子兴被囚禁的事情讲了出来。

朱元璋立刻驱马飞驰向孙德崖的营地,到了门口就被拦了下来。

朱元璋对身旁的士卒喊道:"我受郭将军厚恩,现在主帅被囚禁,我能不去救吗?兄弟们跟着我上,打退他们!"

左右士卒顿时奋勇争先,闯入孙营。

孙德崖一见朱元璋,便假装问:"朱公子来做什么?"

朱元璋怒骂道:"现在正是和元兵交战的关键时刻,你们不去杀敌,却囚禁我的主帅,这是什么道理?"

孙德崖狡辩说:"我们邀请主帅是商量军事,不劳你费心!守城要紧,不要玩忽职守!"

1. 明太祖出世

朱元璋于是大声喊道："主帅在哪？"

孙德崖发起火来："主帅正待在他该待的地方，与你有什么关系？"

朱元璋一听，正准备动手，大帐外忽然响起彭大的喊声："你们这些小人，囚禁主帅，我和你们势不两立！"

朱元璋听到彭大的声音，胆子更大起来，彭大也带着一大帮士兵闯了进来，孙德崖顿时有些胆怯。朱元璋瞅准机会，走进内厅搜寻一番，终于找到了被囚禁的郭子兴，用刀砍断囚禁郭子兴的铁链，命令士兵背着他跑出了孙德崖的营地。

此次死里逃生后，郭子兴看清了朱元璋才是他值得信赖的人。

第二年，元军统帅贾鲁病死，大军才退去。经过几个月的殊死战斗，起义军损伤大半，朱元璋决定再次招兵买马。这次共招募了七百人，其中二十四人成为朱元璋的得力干将。

一天，部下徐达来找朱元璋，说道："像主公这样的人才，不该屈居人下，何不出去闯荡一番？"朱元璋本就有心，如今有了得力干将的支持，更加坚定了自己的想法。

为了不令郭子兴等人起疑心，朱元璋和徐达商议后，决定只带着新招募的二十多名士兵前往定远，将手下原先的士兵交给其他人统领。郭子兴高兴地答应了。

明 | 2. 朱元璋收编驴牌寨

朱元璋率领一众亲信南下，意在攻下定远。他们来到定远附近，发现张家堡这个地方有很多民兵。这群民兵自发结成"驴牌寨"，他们有组织，有纪律，但偏偏看上去十分颓靡（tuí mí）。朱元璋大为不解，便让手下费聚去一探究竟。

费聚打探一番后，给朱元璋带回来一个好消息：驴牌寨的粮草断了，有投降的想法！朱元璋听了十分高兴，即刻招呼身边的三五个人一起前往驴牌寨。费聚有点胆怯，劝说朱元璋多带点人，好震慑住驴牌寨的民兵。朱元璋却不以为意，他认为人多只会让对方提高警惕，去的人少反而显得有诚意。

朱元璋到了驴牌寨的护城河前，直接卷起裤脚、撩起衣服，蹚水过河。到了寨门口，驴牌寨寨主立即出来迎接。

朱元璋知道郭子兴和驴牌寨寨主有交情，便特意提起自己的岳父，然后向寨主提议：要么跟随他们回濠州，接受军队的保护；要么就所有人离开这个地方，避免受到战火的摧残。

寨主表面上爽快地答应了，还烹羊宰牛请朱元璋等人饱餐了一顿。可等一行人吃完饭，朱元璋让寨主收拾东西的时候，寨主却借着酒劲支支吾吾起来，说要等三天之后才能动身。朱元璋也没有过多言语，只让费聚留在寨子里，三日之期一到，便催促寨主启程。

朱元璋回到自己的营地后,把这件事告诉了徐达,两人最终得出一致意见:即刻招兵买马!原来,朱元璋对于寨主也并不是全然信任,他们都担心寨主坐拥三千兵马,会时刻发动兵变。

这三天的时间里,朱元璋快速招募到了三百多名士兵。还没等朱元璋训练好新兵,费聚便灰头土脸地跑了回来。费聚带来了一个坏消息——寨主要出尔反尔!

朱元璋一听,马上让人准备了一些米袋,叫新兵藏进米袋里,让人拉车把这些米袋运送到驴牌寨的大门前,跟守门的人说朱元璋派人送军粮来了。驴牌寨本来就有粮食不足的困扰,寨主一听朱元璋把军粮送到了家门口,马上跑到寨门亲自接收。

这下可好,朱元璋一声令下,几十名新兵从米袋里跳了出来,把寨主团团围住。还没等寨子里的人反应过来,朱元璋又命人四处放火。寨子的士兵高声呼救,纷纷大喊着投降,才得以保全性命,最终按照新兵的收编标准纳入了朱元璋的军队。至于言而无信的寨主,则被砍头示众。

驴牌寨被破一事很快传播开来,周围的军事队伍领袖都敬佩朱元璋的智谋和手腕,不约而同地投奔了他。而横涧山的缪(miào)大亨却不以为意,他拥兵两万,背后还有元军做靠山,认为朱元璋不过是小打小闹之辈。

朱元璋与徐达商议后,暗地里派人夜袭缪大亨。缪大亨自睡梦中惊醒,慌忙上马逃命,结果被朱元璋手下的将领花云拦住。花云挥舞着大刀就砍了过来,缪大亨急忙用刀架住对方的刀口,喝道:"将军不要乱砍,快报上名来!"

花云边砍边回答说:"我是濠州大将花云,来借你头一用!"

缪大亨问:"我们彼此之间也没有仇恨,为什么要来攻打我?"

花云大怒,道:"我们起义兵是为了匡扶天下,现在元主无道,你却和他们沆瀣一气,为虎作伥!如果现在反悔,我还能饶你一命。胆敢说半个不字,我的刀可不会容你活着!"

缪大亨见部众跑的跑,死的死,只好忍气吞声说:"我投降!我投降!"至此,朱元璋实力大增,除了武将以外,还招纳到不少谋士。

当时,定远人冯国用也来投奔朱元璋,朱元璋见他穿着儒士的衣冠,知道这是个读书人,于是对他尊敬有加,向他讨教:"现在天下大乱,有什么办法能够平定天下吗?希望先生教教我。"

冯国用于是说:"大江以南,金陵最重要,这地方龙盘虎踞,自古以来就是帝王定都的地方。可以先拿下金陵,然后以此为据点,四处出击,施行仁义,救万民于水火,不要贪图财宝美女,天下自然就能平定。"

注:图中"攻城掠地迭遇奇材"应为"攻城略地迭遇奇才"。

朱元璋听了，心里很是高兴。

后来，又来了一个叫李善长的人。这个人看起来更加不凡，朱元璋也向他讨教，李善长说："从前汉高祖诛暴秦，豁达大度，很会用人，而且不嗜好杀戮，五年就成就了帝业。现如今和当时的情况很像，也是天下大乱，群雄并起，朱公你若是能效仿汉高祖，必能定鼎中原。"

朱元璋听了，更加高兴，留下李善长专门负责后方粮草的筹备和运送，犹如汉朝萧何所事。朱元璋扩充军队之际，也派出部下四处征战，攻下了不少的地盘。正当他踌躇满志的时候，忽然收到了郭子兴的军令，让他去镇守盱眙（xū yí）。朱元璋仔细盘问来使，得知这是彭大和赵均用的主意之后，这才明白郭子兴已经被这两人幽禁在泗州。朱元璋断然拒绝了来使，开始提高警惕。

不久后，朱元璋收到了新的消息，说彭大和赵均用两虎相争，彭大身亡，赵均用一人独揽大权。朱元璋急忙写了一封信给赵均用，警告他要顾念郭子兴对他的收留之恩。言语中，大有集合其他人起兵讨伐之气势。赵均用担心被围攻，只能好吃好喝地供着郭子兴。

朱元璋左右放心不下，拿了不少的金银珠宝贿赂赵均用，把郭子兴接到了自己的身边。朱元璋没想到这个孝顺的举动，反而害了自己。

 明 | 3. 朱元璋成义军统帅

朱元璋把郭子兴接到身边后，主动把兵权交给郭子兴。但是郭子兴受了两个儿子的挑拨，认为朱元璋有异心，渐渐疏远了他。朱元璋既气愤又百思不得其解，自己在战场上立下大功，回到家里又对老丈人毕恭毕敬的，郭子兴为什么对自己不满意呢？

朱元璋的妻子马氏十分心细，她一眼便看出端倪。马氏看朱元

璋长吁短叹，便说道："莫非是义父对夫君冷淡？"

朱元璋有些生气地说："你既然都知道了，何必说出来。"

马氏又问："那夫君可知道义父为什么这样？"

朱元璋说道："之前是嫌我揽权擅专，我就放弃了兵权；现在又嫌我推诿不杀敌，我就争先去杀敌，结果他还是不满意，看来是跟我有仇了。"

马氏听了，摇摇头说："并不是有仇。"

之后，马氏将真正的原因告知了朱元璋。

原来，郭子兴的部下每次打了胜仗回来，都会把抢到的珍宝送给郭子兴。而朱元璋体恤百姓，从来不拿百姓的一分一毫，自然也没东西上交给郭子兴。郭子兴的两个儿子又借机故意离间他们，说朱元璋把抢来的东西独吞了。郭子兴对此深信不疑，便对自己的女婿冷言冷语起来。

朱元璋明白过来后，便把妻子交给自己的珍宝都送给郭子兴，这才慢慢打消了郭子兴的疑虑。

没过多久，泰州人张士诚被元军围困，请求郭子兴派军支援。朱元璋主动请求领兵出征，前往六合支援张士诚。

当朱元璋领军在外的时候，郭子兴的后院突然着起火来。攻击郭子兴大本营的不是别人，正是元朝丞相脱脱。脱脱此人骁勇善战，他得知郭子兴派人支援张士诚之后，马上分出一支军队，去攻打郭子兴所在的滁（chú）阳。这下可好，自己的得力干将不在身边，郭子兴急得团团转。

正当郭子兴手足无措之时，朱元璋及时率兵赶了回来，俨（yǎn）然天降神兵一般。朱元璋在滁阳附近设下埋伏，把脱脱的军队打得落花流水。没过多久，朱元璋听说脱脱被发配边疆，后又被奸臣害死，惊喜之余又不免为他扼腕叹息。

3. 朱元璋成义军统帅

后来郭子兴病逝，屡次立下大功的朱元璋顺理成章地继承了统帅的位置。过了一段时间，朱元璋忽然接到了一封册封信。这封信来自小明王刘福通，他拥护韩林儿当了皇帝，定年号为龙凤，还以宋朝的名义册封朱元璋等人。

朱元璋收到此信，为了避免不必要的风波，只能暂时与刘福通保持联系。接下来，朱元璋加快了扩充自己势力的脚步。由于朱元璋体恤百姓、深明大义，受到无数人的爱戴，根基也逐渐稳固下来。

朱元璋又听从徐达的建议，攻打太平城这个风水宝地。攻城期间，朱元璋勒令军中士兵不得欺凌城中百姓，收获了不少民心。朱元璋攻下城池之后，在这里设立元帅府，沿用了韩林儿的宋朝龙凤年号。

朱元璋占领太平之后，元朝派出中丞蛮子海牙率领军船堵住采石矶埰口，又派出元帅陈野先等人率两万军队围攻太平城。

朱元璋收到敌军来犯的消息后并不慌乱，他趁着陈野先的军队刚刚赶到，士卒疲惫，让人悄悄绕后埋伏在桥下。等到陈野先率兵冲向城门之时，朱元璋命人大开城门，众人气势汹汹地冲杀过去。

陈野先一方虽然人多，但是不敌朱元璋一方的猛烈攻势，只能边打边退。可没想到退了没几步，忽然有士兵从两侧蹿出，把陈野先打得措手不及。陈野先只能硬着头皮，举起长矛攻击邓愈，结果反被邓愈活捉了。

朱元璋见到陈野先，好言好语地劝说了一番，让他归降自己。陈野先犹豫了半天，勉强答应了。其他人都不信任陈野先，朱元璋却不置可否，主动放走陈野先让他去招降旧部下。

在这期间，朱元璋派人攻下了好几处地方。攻打集庆的时候，陈野先还主动请缨。等到了集庆之后，他写信给朱元璋，说集庆地理位置不好，这场战可能会打很久。

朱元璋看出陈野先是想拖延时间，表面上回信同意他的做法，私底下安排郭天叙和张天佑率兵赶往集庆。这郭天叙是郭子兴的次子，他可不是省油的灯，在张天佑的煽动下，早就蠢蠢欲动想另立门户。朱元璋派他前往集庆，看似毫无防备，任其扩张，实则是坐山观虎斗。

明 | **4. 朱元璋攻打张士诚**

郭天叙率兵出征，心里打的是在集庆南面称帝的如意算盘。只不过他刚到秦淮河，便碰上了准备就绪的元军。两军交战，郭天叙一方不敌元军，被打得丢盔弃甲，狼狈逃了回去。

郭天叙逃到半路的时候，看到一队人马，是陈野先的部队。他大喜过望，连忙迎上前去求救。没想到张天佑比他跑得还快，一眨眼就到了陈野先的跟前。可陈野先二话不说，直接挥起一杆长枪朝着张天佑刺了过去。郭天叙还没来得及逃走，就被大刀砍杀。

朱元璋得知此事后，立即整军，准备攻打陈野先，为郭天叙报仇。但是陈野先作恶多端，还没等朱元璋讨伐他，便被周围的民兵杀死了。只剩他的儿子陈兆先，带着残存的手下流亡在外。

在这个时候，朱元璋收到警报，蛮子海牙率领军船占据采石矶，正准备进攻太平城。朱元璋手下的猛将常遇春主动请命抗敌，他借着风向的优势放火烧船，船上的元兵落荒而逃，很快不战而败，蛮子海牙也乘小舟逃命去了。元军的军船被常遇春悉数缴获。

朱元璋打败蛮子海牙之后，便集中兵力进攻集庆，讨伐陈兆先。陈兆先不自量力，率兵正面对敌。一场大战之后，陈兆先被生擒，和手下的三万多名士兵一起归顺了朱元璋。这群降兵见朱元璋对他们一视同仁，不歧视，也不提防，便都心甘情愿为他卖命。

等到了攻打金陵城的时候，常遇春率领浩浩荡荡的军队围城。守城的元朝将领福寿不肯投降，跟常遇春打了几天几夜。眼看着弹尽粮绝，城门守不住了，福寿悲痛万分，举剑自刎身亡。

朱元璋进入金陵城后，做的第一件事就是张榜安民，严厉禁止官吏迫害百姓，还厚葬了元将福寿。朱元璋的举动受到了百姓的欢迎，其他地方的义兵听说了朱元璋的仁德，也闻风而来。一时间，朱元璋新收编了五十万名士兵。

金陵城平定后，不断有人劝说朱元璋称王，但是朱元璋另有打算，只愿意自称为吴国公。朱元璋在江南各地设立行中书省和枢密院，任命能干的人才担任重要职位，文臣武将的官职都安排妥帖得当，事务管理得井井有条。

而此时，盐商出身的张士诚也召集了数十万民兵，攻下元朝不少的地盘，和朱元璋大有旗鼓相当之势。朱元璋写了一封信给张士诚，意在和张士诚半分天下，两人井水不犯河水。可那张士诚根本不把朱元璋放在眼里，不但扣押了信使，还准备出动水师攻占镇江。

朱元璋派遣虎将徐达率兵迎击张士诚的水师，把他们打得溃不成军。这时，张士诚又转而攻打宜兴，守将耿（gěng）君用来不及防备，一时间城破人亡。徐达收到了朱元璋的军令，立即向常州挺进，接连击退张士诚派来的援军。

张士诚屡战屡败，只好写信求和，承诺送给朱元璋二十万石粮食、五百两黄金、三百斤白金以表示诚意。朱元璋回信，表示既然要求和，首先要将扣押的人完好无损地送回来，并且每年送交五十万石粮食。

半个月过去了，张士诚一直没有回信。后来，朱元璋收到徐达送来的军报，得知张士诚暗中诱使自己的部下反叛。朱元璋大发雷霆，当即命令耿炳文、俞通海等人分兵进攻。

4. 朱元璋攻打张士诚

徐达很快攻克常州，不久又拿下了宁国，可谓屡战屡胜、所向披靡。但在攻打常熟时，张士德突然出现了。张士德是张士诚的弟弟，也是他的头号军师。他智勇双全，深得军心，张士诚能平定江浙一带少不了他的功劳。如今张士德亲自出马，无疑给徐达制造了一个巨大的难关。

当时，行军至半途，探马忽然疾驰回报说："张士德亲自率兵来攻打了！"

徐达是认识张士德的，他对众人说："张士德小字叫九六，此人很是厉害，不能小觑（qù）。"

话刚说完，领军先锋赵德胜上前，高声说道："他就是个盐贩子，不用怕他！末将愿意去把他捉来！"

徐达笑着说："将军愿意去，那我给你做接应！"

赵德胜领命前去对抗忽然杀出来的张士德。

赵德胜此人英勇非凡，对阵张士德毫不畏惧。两军相交，打得不可开交，一时间分不出胜负。正当赵德胜无计可施时，收到徐达的来信，上面写着对抗张士德的具体办法。赵德胜看得眉开眼笑，当即决定依计行事。

等到了晚上，响过三鼓后，赵德胜率领军队借着月色，悄悄地朝着张士德的军营行进。等到了目的地之后，赵德胜让士兵们大声呐喊造势，自己却悄悄躲到了一旁。

士兵们一头雾水，刚喊了没多久，就看见张士德率兵从军营里冲了出来。他们一时惊慌失措，想原路撤回。而赵德胜突然折回，带着他们往小路逃跑。张士德跟在后面穷追不舍。等他转了几个弯，发现对方全部消失不见的时候，这才意识到自己已经中计。

张士德没走两步便掉进了一个陷阱里，他刚奋力跳出来，又被一个人推了下去。此人不是别人，正是赵德胜。

原来，这一切的计谋都是徐达想出来的。但是赵德胜担心张士德多疑，便找来一个相貌与自己相像的士兵，让他扮成自己在阵前诱敌，而他则在陷阱周围埋伏。张士德还以为赵德胜有"分身术"，就连赵德胜的手下们也是生擒张士德之后才明白过来。

5. 三请名将

张士德被俘虏后，送到了应天府。朱元璋没有杀他，每天好吃好喝地款待他，让他写信劝张士诚投降。张士德表面上应允，暗地里却偷偷写了一封信，让人悄悄带出，信中嘱咐张士诚跟元朝联手攻打金陵。

张士诚一时犹豫不决，直到听说张士德绝食身亡，这才痛下决心归顺元朝。元朝也乐得接受张士诚，封他做了太尉。消息传到朱元璋这里，他却不以为意，认为张士诚这头猛虎绝不会甘心久居人下，只不过是暂时寻了一处庇护的场所。

朱元璋的部下仍在四处征讨，常遇春、廖永忠两人攻下了池州，胡大海、胡德济父子则拿下了婺（wù）州。胡大海在征战之余，还注意网罗天下名士。他镇守金华府的时候，就向朱元璋推荐了当地四贤：宋濂（lián）、章溢、叶琛（chēn）、刘伯温。其中刘伯温自视甚高，亏得朱元璋耐心请求才肯出山辅佐。

刘伯温，名基，字伯温，他博通经史，熟知天象学说，元朝至顺年间高中进士。作为闻名江浙的大才子，很多人都邀请他去当官。但是刘伯温瞧不起当权的人，选择隐居山野。

先前胡大海去请刘伯温出山，刘伯温都断然拒绝了，等到朱元璋派人送信，诚恳邀请才答应。原来，刘伯温十年前游西湖时，观

察到西北方向天象异常,算出天子将在十年后出现在金陵。而眼下朱元璋占据金陵,并且对自己礼遇有加,这才让刘伯温有了协助朱元璋的心思。

刘伯温见到朱元璋之后,提出了很多建议,最重要的一条就是先铲除张士诚和陈友谅这两个心头大患。刘伯温认为,张士诚委身元朝,目前行动受限,而陈友谅盘踞上游,时刻威胁着金陵,应当先集中兵力铲除陈友谅。

朱元璋听了十分高兴,不仅为刘伯温等人修建礼贤馆,还把军务交给刘伯温主持。每遇到大小事务,都和刘伯温商量。而且朱元璋不直呼刘伯温的名字,而是恭敬地称呼他为先生。刘伯温看到朱元璋如此礼贤下士,更愿意尽心尽力地为其出谋划策。

朱元璋在广纳贤士的时候,陈友谅也没有坐以待毙。他把目光对准朱元璋势力所在的太平城,派出精兵攻下太平城,然后建立行

5. 三请名将

宫，自称皇帝，定国号为汉。陈友谅还给张士诚写信，约他一同攻打应天，直捣朱元璋的老巢。可张士诚自从张士德死了之后，行事就变得犹豫起来，把陈友谅派来的信使打发回去了。

陈友谅气急败坏，立即调动大军进攻金陵城。金陵城的将领们十分恐慌，甚至有人劝说朱元璋弃城而逃。刘伯温听了这些话怒目而视，提出把这些临阵退缩的将领全斩首。刘伯温对朱元璋说，敌军长途跋涉而来，我方以逸待劳，怎么会打不赢他们呢？后来再次召开军事会议，将领们又换了一种说辞，建议要么先收复太平，要么死守金陵。

朱元璋先是命胡大海率兵阻断陈友谅大军的后路，又让陈友谅的故交康茂才写诈降书，见到康茂才后，朱元璋便问：“听说你和陈友谅认识，能不能写封诈降的书信？”

康茂才赶紧应承下来：“家里原先有个看门的孤寡老人，曾经在陈友谅手底下做过事，我派他去，陈友谅肯定不会有疑虑。”

朱元璋听说后很是高兴，让康茂才赶紧写信。

康茂才立刻按照计划行事，等陈友谅见到送信的老人，便问："康公此刻在哪？"

送信的老人回答说："现在正守着江东木桥。"

陈友谅随即好酒好肉接待送信的老人，并且对他说："你回去后告诉康公，等我到了江东桥，喊三声老康，康公便可作为内应倒戈，切记不要误了大事！"朱元璋看到此信，让人连夜把江东木桥改建成铁石桥，在上面写上大而显眼的"江东桥"三个字。随后，朱元璋安排常遇春等猛将埋伏在石灰山周围，徐达埋伏在南门外，以竖旗为信号——竖红旗就是敌军来了，竖黄旗才能出兵。

准备好这一切之后，朱元璋遥望着西北方，静静地等待着一场大战的开始。

 明 | 6. 重创陈友谅

不到一天的时间,陈友谅就带着士兵坐船来到江东桥附近。陈友谅看到这江东桥有些古怪,桥面竟然是石头砌成的,而不是结实的古木。不过他急于跟康茂才碰头,虽然迟疑了一会儿,但并没有多想什么。

等靠近江东桥之后,陈友谅大声呼喊了三声康茂才的名字,可不管陈友谅如何呼喊,都没有人回应他。只有空荡荡的桥洞,不停地回响着康茂才的名字,似乎是在嘲弄陈友谅。

此时,陈友谅才猛然惊觉自己中计。他马上指挥士兵把船开往龙江。在龙江这个地方,陈友谅命令一万名士兵下船,让他们在此安营扎寨,自己则在船上静观其变。

这个时候,朱元璋带着士兵们驻守在山上。时值酷暑,大气炎热,士兵们都想快点下山和陈友谅大军大战一场。但是朱元璋却说天要下雨了,让他们先去吃饭。士兵们看着万里无云的天空,都很纳闷。但等士兵们吃完饭之后,果真如朱元璋预料的一般,天空下起了倾盆大雨。

朱元璋见此天象,马上让士兵们下山摧毁陈友谅的军营。陈友谅看到自己的军营被毁,立即召集士兵奋勇反击。双方打得难舍难分之际,朱元璋命人竖起黄旗,只见两路援军及时赶到,从左右方

6. 重创陈友谅

向杀来，把陈友谅的一万名士兵都赶到了水里。

陈友谅吓得惊慌失措，急忙让士兵上船。而这时，对方的水师援军又杀来了，把几百艘军船困在江边搁浅了。陈友谅无计可施之下，只能坐着小船逃跑。其余的士兵要么游泳逃过一命，要么葬身江中。

朱元璋亲自清点缴获的战船，得到了巨船一百多艘，小船数百艘。另有七千多名降兵，也一并带回。

击败陈友谅之后，朱元璋收复了太平，又连带着攻下信州和安庆。但是陈友谅也非等闲之辈，他稍作调整之后，又把安庆夺了回去。朱元璋不甘心把攻下的城池拱手相让，亲自率兵攻打安庆，但怎么攻都攻不下来。

刘伯温告诉朱元璋，安庆城的城池十分坚固，一时半会攻不下来，不如出其不意地攻打江州，摧毁陈友谅的大本营。听了刘伯温

的话,朱元璋眼前一亮,马上带兵西上。

陈友谅听说朱元璋要来打自己的老巢江州,还以为是前线的谣传。等亲眼看到朱元璋兵临城下的时候,这才慌了神。但是陈友谅对于江州的防御很有信心,看到朱元璋攻了两天仍旧没有什么进展之后,便开始得意起来。

没想到的是,到了晚上,敌兵突然爬上城墙,杀掉了守城门的士兵。城门顿时大开,黑压压的敌军冲进了城内。陈友谅以为是神兵天降,吓得连夜逃跑,逃去了武昌。

朱元璋为何突然能如此轻易地攻破城池?原来,刘伯温想到了一个绝妙的点子——搭天桥。刘伯温先是让人秘密测出江州城墙的高度,再让工兵在军船上搭了一座天桥。等到了晚上,他让人把船开到靠近城墙的地方,天桥刚好搭在了城墙边上。士兵们爬过天桥,直接跳到了城墙上。

朱元璋刚打下江州,南昌守将胡廷瑞就前来投降。等朱元璋回应天府没多久,胡廷瑞手下的康泰和祝宗心怀不轨,发动兵变,杀死了叶琛。朱元璋派出得力干将徐达前去平叛。徐达猛虎出山,一举平息叛乱,守住了南昌。

南昌是西南地区的屏障,连接荆、越等地,牵一发而动全身。朱元璋夺下南昌后,将其改名为洪都府,任命自己的侄子朱文正为大都督,统率赵德胜、薛显、邓愈等人镇守此处。朱元璋此举,正是担心自己的军事重地有被他人入侵的风险。

果不其然,其他地区发生的巨变证实了朱元璋的担心。

7. 水关大战

没过多久，金华和处州发生兵变，守将胡大海、耿再成被杀。朱元璋收到消息，心里十分痛惜，又担心衢（qú）州也会遭遇兵变。

刘伯温瞧见主公这副憔悴的模样，便自告奋勇地站了出来，说自己愿意前往衢州安抚军民。刘伯温此番请求，除了出于大义之外，还有自己的私心。先前打仗最激烈的时候，刘伯温的母亲去世，他来不及回家送葬。现如今前往衢州，刘伯温可以顺道回老家完成未了之事。

刘伯温来到衢州之后，立即分兵镇守在衢州的各个地方，又让人四处张贴告示安抚民众。接着下发通知给周边县城的各级官员，让他们做好稳定人心的工作。刘伯温的一系列举动，很快安抚了躁动的民众。

没过多久，小明王韩林儿被元军打败，蜗居在安丰避难。而安丰已被张士诚率领十万大军围困，连陈友谅都对安丰虎视眈眈。朱元璋念及往日情谊，不顾刘伯温的劝阻，执意要出兵为小明王韩林儿解围。

等朱元璋率兵赶到安丰的时候，安丰一片破败之象。刘福通被杀，小明王不知道逃去了什么地方。朱元璋留下徐达、常遇春等人，打退张士诚部将吕珍的进攻，自己则带着兵马寻找韩林儿。半路上，

朱元璋找到了韩林儿，护送他到了滁州，自己则回了应天。

朱元璋此番冒险举动完全将应天城置于险境之中。好在陈友谅只顾及眼前，集中全部兵力攻打南昌，这才给了朱元璋从容布兵的机会。双方接下来将会在鄱阳湖相遇，决出最后的胜负。

陈友谅又建造了数十艘巨大的军船，上面搭载了六十万士兵和文武百官，大有破釜沉舟之势。陈友谅虽然来势汹汹，但是朱文正率领一众部下死守南昌城门，双方你进我退，你退我进，打得难解难分。

陈友谅见一时攻破不了城门，转去攻打水关。朱文正又带人赶来支援。守水关的士兵用猛火淬（cuì）过的铁戟（jǐ）攻击敌人，结果被铁戟刺中的士兵，皮肤都瞬间溃烂了。

眼见水关也难以攻克，陈友谅只好分兵攻打吉安、临江，再转过头来围困南昌。朱文正表面上用钱财贿赂陈友谅，让他放缓攻城速度，暗地里悄悄派张子明到应天城告急。

朱元璋听到南昌告急的消息，心里不免一惊，又问起陈友谅的兵力情况。张子明说，陈友谅倾巢而出，军粮恐怕难以为继，而且快到江河干涸的时节了，巨船更不容易行动。朱元璋听完，让张子明回复朱文正，再坚守一个月。

张子明领命回去的路上，被陈友谅的手下抓了个正着。陈友谅问道："你是什么人，竟然敢假扮渔夫？好大的胆子！"

张子明说："我是张子明，是去应天找援军的。"

陈友谅于是又问："朱元璋答应支援了吗？"

张子明说："即日就到。"

陈友谅想了想，说："我可以给你享受不完的荣华富贵，只要你回去告诉朱文正，就说朱元璋不愿意发援兵，让朱文正快点投降。"

张子明瞪着陈友谅，说："你可不要欺骗我！"

7. 水关大战

陈友谅一看有戏,急忙说:"绝不欺骗!"

张子明说:"如果你说的是真的,那我就按照你说的去告诉朱文正。"于是陈友谅让手下押送着张子明来到南昌城下。张子明见到了城门上的朱文正,大声喊道,援军马上就来了,让朱文正再坚持一个月。陈友谅听了脸色骤变,当即让人杀了张子明。

南昌城军民坚守八十五天后,终于传来了朱元璋亲自率军支援的好消息,大家都精神大振。陈友谅也撤下围防,来到鄱阳湖迎战。

朱元璋看到陈友谅那首尾相接、延绵不断的战船,马上意识到不能强攻,需要智取。他把水师分成二十队,每艘船上都放置了火器和弓箭。等靠近陈友谅的巨船时,先发射火器,再射出密密麻麻的弓箭。一时间,陈友谅的军队死伤一千多人,船只也被烧毁了大半。

但在这个紧要关头,陈友谅渴望的转折点出现了。徐达作为前锋,领兵冲锋在前,他的战船也着了火,正手忙脚乱地扑火。朱元

璋见状,唯恐徐达有失,急忙派出战船前往支援。

而这时候,陈友谅的水师既不撤退,也不正面跟徐达交战,反而剑走偏锋,绕道攻打朱元璋乘坐的船只。朱元璋被打了个措手不及,只能狼狈后退,但为时已晚,陈友谅的军船从四面八方云集而来,把朱元璋围得水泄不通。

此时,裨将韩成忽然站了出来,提出了一个令人意想不到的请求。

8. 明太祖登基

朱元璋被陈友谅围困，正当生死攸关之际，韩成主动站了出来。韩成请求跟朱元璋互换衣服，他则假扮成朱元璋的样子吸引敌军的注意，好让朱元璋趁机逃脱。

当下情况危急，朱元璋纵使心有不忍也只能无奈答应，匆忙与韩成互换了衣服。韩成来到船头站定，大喝一声："陈友谅听着，为了你我二人劳师动众，造成生灵涂炭，于心何忍？如今我让你一步，你不要再制造更多的杀戮了！"说完，跳水而亡。

陈友谅的部下张定远见了大吃一惊，暂时停止了进攻。常遇春、俞通海等人这时候赶到，打退张定远，帮助朱元璋突出重围。

朱元璋死里逃生之后，想到这次军师刘伯温没有随军出战，自己就损兵折将，不由得后悔起来。目前敌军仍然坚守不退，朱元璋便让徐达赶往应天府，替换驻守都城的刘伯温，让他赶来为自己出谋划策。

过了几天，刘伯温带着张中和周颠乘坐小船而来。之前，刘伯温还未回来时，陈友谅又率领着舰队前来攻打，朱元璋接战了一会儿就败退了下来。部属眼看着连连战败，便出谋划策说："敌人的舰船高大，我们的舰船矮小，敌人可以居高临下攻击我们，我们则需要仰攻，这样一来，敌人便是以逸待劳，我们必败。依我看，不

如火攻。"

朱元璋感慨地说:"前几日也用火攻,但也未能打败敌人,现在又有什么不同呢?"

正说着,一叶扁舟踏浪而来,船中坐着三人,除了谋士刘伯温,还有一个叫周颠的和尚,以及一个叫张中的道人。

三人见了朱元璋,随即也献上了火攻的计策。

朱元璋说:"徐达等人也这么说,可是敌人的舰船有数百艘,怎么烧得尽呢?况且火攻要有风助阵,江上的风向捉摸不定,未必就能依火势烧向敌船。"

铁冠道人张中听完,忽然大笑起来,说:"哈哈哈,今日黄昏便有东北风。"

朱元璋惊异不已,以为他能呼风唤雨,后又想,这高人怕不是知晓天象?

于是又问了一些关于敌人和己方谁能输赢的问题,道人一一回答,皆是吉兆。

当天晚上,朱元璋按照三人谋划行事,借助顺风火烧陈友谅的船只,杀得对方七零八落。陈友谅也在逃跑途中丢了性命。

元朝至正二十四年(1364年)正月元日,朱元璋称吴王。在铲除陈友谅之后,朱元璋把目光对准了张士诚。朱元璋讨伐张士诚之前认真思索了一番,决定先攻打湖州,剪除张士诚的羽翼张天麒、潘元明两人,再进兵他的老巢——平江。

其间,张士诚的部将熊天瑞假意投降,被朱元璋识破。朱元璋故意向他放出假消息,说自己要攻打平江。熊天瑞果然找了个机会回去通风报信,张士诚便放松了湖州的戒备。

徐达、常遇春等人先是攻下湖州,又一举夺得平江。张士诚不愿降服朱元璋,自杀身亡了。自此,江东总算是平定了下来,吴王

8. 明太祖登基

改平江为苏州府。

当时前方还在交战，韩林儿突然死在了滁州。世人猜测不一，有人认为是刘伯温让人将他淹死的。吴王朱元璋安葬韩林儿后，废除了龙凤年号，改称吴元年。

此时元朝政权动荡不堪，朱元璋手下的将领南征北伐，又拿下了闽地。刘伯温和其他将领一再劝说朱元璋登基。于是在元至正二十八年（1368年），朱元璋称帝，定国号为明，改元洪武，史称明太祖。

明太祖登基后没多久，大将徐达、常遇春等人率军攻下山东、河南，兵锋直指元大都。元朝君臣已经自乱阵脚，元顺帝得知通州也失守后，不顾其他大臣的劝阻，连夜带着妃子逃离大都。

这下可好，徐达一鼓作气，很快便把元大都攻了下来。明太祖收到捷报，下诏奖赏北征军，并且改应天府为南京，开封为北京。

接下来,明太祖开始着手制定官府制度,任命百官了。

起初,明朝的官制沿用元朝的大部分制度,设立了中书省和六部。后来发生胡惟(wéi)庸一案,明太祖干脆免去了中书省,废除了丞相等官职,改为尚书总理国事,侍郎从旁辅佐。其余部门和官职也有不小的变动,官员的权力变小了。

自从明朝建立之后,明太祖便想从徐达等人手里收回兵权。但是当时元朝余孽未清,就没有采取什么大动作。洪武二年(1369年),明太祖下令在各县设立学堂,通过科举考试选拔士人,以便在全国兴起文治之风。乡试在八月举行,会试则在二月举行,三年举办一次。每场考试分成三场,分别考四书经义、论判章表、经史策论。

渐渐地,科举考试的制度变得越来越严格,四书经义的考查变成了写八股文,考试内容与范围也越来越狭隘。读书人都忙着钻研八股文,而忽略了真才实学。这种毒害士人的八股文延续了五六百年之久才被废除。

明太祖担心自己在宫里待久了,会闭目塞听,便时常带人微服出行。一方面是为了广纳贤士,另一方面也能调查民情。

明太祖来到江南的时候,认识了一位名叫沈万三的富商。后来修筑金陵城墙的时候,明太祖跟沈万三商议各出一半钱财修筑城墙。结果沈万三比明太祖还早三天完工。这让明太祖很不高兴,后面随便找了个理由杖责沈万三,把他流放到云南。

苏州一个富商听说沈万三死在流放路上,担心殃(yāng)及自身,便积极地做起善事来,把家里的财产花得七七八八。果然,明太祖因为担心富商富可敌国,威胁自身地位,杀害了不少商人,只有这位有先见之明的苏州富商保住了一命。

9. 胡惟庸谋反

明太祖称帝之后,多次要册封刘伯温为丞相。但是刘伯温一方面淡泊功名,另一方面也深知明太祖内心的猜忌,每次都坚决地表示拒绝。明太祖见其态度坚定,也只能作罢。

李善长受封韩国公,官至右丞相,平日里不免有些居功自傲,明太祖早就想罢免他的相位,另立他人为相。刘伯温说:"李善长是勋臣,能调和诸位将军之间的关系,不可以马上换掉他。"

明太祖说:"李善长经常说卿的坏话,卿还要给他说情吗?朕想要让你担任右相。"

刘伯温急忙跪下叩头:"换丞相就跟换房子的柱子一样,需要用粗壮的木头去替换,如果用小木头做柱子,肯定会出事。臣是小才,当不了丞相。"

明太祖见他推辞,便又问:"那杨宪呢?"

"杨宪这个人有做丞相的才能,但却没有做丞相的器量。"

"那汪广洋呢?"明太祖再问。

"还不如杨宪呢。"

明太祖又问起胡惟庸。

刘伯温摇了摇头说:"胡惟庸更不行,他不过是个小官,一旦被重用,很容易出祸事。"

明太祖听完,沉默不语。

明太祖这次没有把刘伯温的话放在心上,不久后便升任胡惟庸为右丞相。刘伯温再次进言劝阻,被胡惟庸听了去,胡惟庸从此怀恨在心。后来,他找机会诬蔑刘伯温有不臣之心,明太祖竟然信以为真,下令免去了刘伯温的俸禄(fèng lù)。刘伯温气急攻心生了病,胡惟庸暗中找人在药里下毒,害死了刘伯温。

魏国公徐达曾私底下在明太祖面前弹劾(hé)胡惟庸,奈何明太祖被人迷惑,完全听不进去。这件事又被胡惟庸知道了。胡惟庸见徐达反对自己,深感不安,便谋划与李善长结交,让李善长做自己的靠山。他还勾结吉安侯陆仲亨、平凉侯费聚等人,让他们在宫外秘密招兵买马,组织军队。

把叛军组织起来后,胡惟庸请人前去说服李善长,让他跟自己里应外合。见李善长没有一口回绝,胡惟庸以为他答应了,便越发

9. 胡惟庸谋反

大胆起来。他还暗地里勾结流亡在外的元嗣君，请求元朝残余势力的支援。

等一切准备就绪之后，胡惟庸谎称自己府中涌现甘泉，请明太祖亲临观看。明太祖不疑有他，兴冲冲地准备前往。刚走出西华门的时候，内使云奇和御史中丞涂节揭发了胡惟庸的阴谋。

明太祖龙颜大怒，立即派出羽林军前去逮捕胡惟庸。胡惟庸始终拒不认罪，但是人证、物证确凿，他怎么也难逃一死。

最终胡惟庸被凌迟处死，平日里与他交好的党羽也一律被杀。在这件谋反案中，有一万多人受到牵连，命丧黄泉。明太祖顾念与李善长、陆仲亨、费聚的旧情，饶了他们一命。

因为胡惟庸一案，明太祖废除了中书省，连同丞相这个职位一并撤除。明太祖还借此机会铲除异己，受害人数达到三万之多。

前翰林学士承旨宋濂也被押送到京城，择日问斩。消息一出，举国哗然。宋濂是明朝的开国功臣，平日里为官清廉，又写得一手好文章，名声甚至传播到海外。日本使者曾花重金请宋濂写文章，但没想到宋濂根本不在乎这些身外之物，果断地拒绝了对方。

明太祖的发妻马皇后听说此事之后，想要为宋濂求情。马皇后说："民间百姓对老师向来尊重，况且宋濂还教导过皇子们，难道就不能放过他吗？"

明太祖听了，心里很是不快："他犯的是谋逆之罪，怎么能放过他呢？"

马皇后又说："宋濂很早就回老家了，哪里能知道谋逆的事情。"

明太祖生气地说："你们妇人懂什么？"

之后，马皇后服侍明太祖吃饭，明太祖发现没有酒肉，便问道："怎么没有酒肉？"

马皇后哭着说："妾听说宋先生将要被用刑了，心里很痛惜，

撤掉酒肉，是替诸皇子为他们的老师守丧呢。"

明太祖听了马皇后的一番劝说，念及宋濂对皇子们有教导之恩，并且他早已远离朝堂，同犯的可能性不大，这才赦免了宋濂。

到了洪武十四年（1381年），明太祖肃清内乱之后，有意平定南方。

在汉武帝时期，天象显示有一朵巨大的彩云出现在南方，便在此地设立了郡，取名云南。如今，云南被元朝余党统治。明太祖派翰林院待制王祎（yī）去云南招降。元梁王不仅跟王祎索要军粮，还逼他投降。遭到王祎拒绝之后，元梁王竟然直接杀人灭口。

明 | **10. 沐英平定云南**

　　明太祖得知王祎被杀的消息，仍然不想贸然出兵，又派湖广行省参政吴云前往云南。令明太祖没有想到的是，元梁王还是不给他面子，又把吴云杀了。

　　明太祖接连吃了两次闭门羹（gēng）不说，还痛失两名官员。他勃然大怒，任命傅友德为征南将军，蓝玉为左副将军，沐英为右副将军，让他们率领三十万大军征伐云南。

　　大军前进到湖广地界，傅友德派遣都督郭英、胡海、陈桓等人领兵五万，从四川挺进乌撒。自己则率领剩余的二十五万人取道贵州。一路上，傅友德等人过关斩将，攻下普定、普安。元梁王也没有坐以待毙，派出达里麻领兵十万镇守曲靖，阻拦明军。

　　此时，沐英提出了一个计策。他揣摩元军的心理，认为对方一定以为明军远道而来不熟悉情况，挺进到曲靖腹地还需要很长时间，在这段时间里，元军势必会放松警惕。因此，沐英认为应该加快前进的速度，比预计时间还要早几天赶到曲靖。傅友德十分赞同沐英的话，马上下令让士兵们日夜兼程赶路。

　　逼近曲靖的时候，四周突然起了大雾。傅友德大喜，这场大雾正好可以遮掩他们的踪迹，不易被敌军察觉。

　　傅友德一行很快赶到了白石江，达里麻才惊觉明军离自己不过

几公里远。他连忙调兵遣将,带人到白石江阻拦明军。

傅友德又采纳沐英的计策,整军列阵,做出马上要渡江发起进攻的样子,暗地里却派出士兵从下游渡江,绕到达里麻的背后偷袭。

达里麻的背后突然受到袭击,惊慌失措之下连忙分散兵力防御。沐英看到正前方的元军慌乱撤退,马上安排士兵渡江,一鼓作气朝着城门杀去。

达里麻两面受敌,没多久就被生擒了。傅友德战胜达里麻之后,把投降的两万多名元军都释放了。经此一役,云南百姓对明朝军队心生好感。

曲靖失守的消息传来,元梁王认清了自己和明军之间的实力差距,率领左右丞相朝着蒙古的方向拜了几拜,毅然自尽了。

元梁王死后,他的部下大多数望风投降,明军一路上攻城拔寨,势不可当,却唯独在大理这个地方受到了阻碍。

原来,大理前有点苍山,后有洱(ěr)海,又夹在龙首、龙尾两关之间,很难攻克。再加上大理由本地土酋段世镇守,防御十分牢固。

沐英认真考察了地形,决定派出奇兵。他让王弼和胡海两人,分别绕道前进。王弼带人悄悄潜入上关,胡海则带人走险峻的小路爬上点苍山。

段世正提防着下关被明军攻入,没想到身后突然杀出两队明军,把他打得措手不及。而沐英也趁机率军杀了进来,没过多久便生擒了段世,夺得大理。

曲靖、大理接连被破后,明军陆陆续续平定了鹤庆、丽江等地,云南全境很快就被平定了。沐英、傅友德等将领在滇池碰面,一起写了一封告捷信给明太祖。没过多久,明太祖便下旨让傅友德等人回京,而沐英则留下来镇守云南。

10. 沐英平定云南

沐英治理云南时尽职尽责，他下令垦田屯兵，规定上缴的税额，平分劳役，杜绝官员欺压百姓的现象，深得当地民众的喜爱。明太祖见状，特命沐氏子孙世代镇守云南。

当时，云南边界有个平缅部，在元朝时候被纳入中原王朝版图。元朝灭亡后，土酋长思伦发投降明朝。但是没过多久，思伦发起了造反的心思。

思伦发带着十多万士兵攻占了云南的景东。沐英得知消息，正打算派兵攻打时，收到了明太祖的圣旨。明太祖授意沐英按兵不动，以逸待劳。

沐英遵旨行事，不再出兵，只是认真筹备边防，派人在楚雄和景东之间设立军营。每座军营之间相隔一百里，都派有精兵把守，日夜轮值。

如此一来，思伦发便很难找到机会进攻楚雄，只能灰溜溜地回老巢。可是，没想到两年后，思伦发又率领三十万大军攻打云南。

思伦发率领大军卷土重来,沐英立即派遣三万骁勇精骑赶到前线支援。都督冯诚正指挥军队抗敌时,看到对面敌营中突然跳出来数万人,驱赶着三十几头大象,气势汹汹地朝着他们冲过来。

冯诚没见过这样的阵仗,吓得想后退。此时,前锋张因却镇定地拿起了弓箭,朝着敌军将领骑乘的大象射出一箭。

刹那间,大象哀嚎一声,随即倒地。张因又马上抽出一支箭,不偏不倚,正好射中敌方将领。冯诚大喜过望,马上下令其他的士兵也发箭射击,果然击退了这群大象。

不久,思伦发驱赶大象发起第二轮进攻。与上次不同的是,大象们都披挂上了铠甲,以防备被弓箭射中。却不知,沐英也改变了作战方法。他组织了一支火铳(chòng)神机箭队,分批朝着敌军射击。

大象被火铳的声响吓得四散而逃,加之漫天箭雨从天而降,思伦发的大军死伤无数,超过三千多人战死,数万人和三十七头大象被俘虏,思伦发则狼狈逃脱。

思伦发好不容易捡回来一条命,听说沐英还要带兵攻打自己,吓得立即派遣使者向沐英请罪,表示愿意向明朝每年上缴贡品。明朝册封思伦发为宣慰使,至此,平缅部也被平定了。

11. 明太祖晚年诛杀功臣

明太祖到了晚年疑心更重,加上胡惟庸一案的影响,他大兴党狱,赐死了不少人。就连曾与他出生入死的韩国公李善长、吉安侯陆仲亨、平凉侯费聚等人,最终还是没有逃脱被赐死的命运。

李善长起初在胡惟庸一案中躲过一劫,但是一班朝臣揣度明太祖的心思,联名上疏弹劾李善长。加上太史也说天象异常,有大臣犯下重罪。明太祖便下了旨意,让李善长上吊自尽,将他全家七十多人满门抄斩。

当时朝堂人人自危,不敢胡乱发言。只有太子朱标出面进谏,劝告明太祖不要乱杀无辜。太子朱标是马皇后的长子,秉性耿直,恰逢李善长等人被赐死,太子朱标进谏说:"父皇杀戮太多,恐怕会伤了和气。"

明太祖不说话,次日,将一根棘杖扔在地上,让太子捡起来,太子很为难,明太祖于是笑着说:"朕让你捡棘杖,你怕伤到你的手,所以面有难色。今天朕诛杀功臣,其实就是在为你去除棘刺,你难道不明白这个道理吗?"

太子于是对明太祖说:"君主贤德仁厚,下面的臣民才会贤德仁厚。"

这番话惹得明太祖勃然大怒,差点要严惩太子。太子慌乱之中

取出随身携带的背子图,这才保住自己的性命。

原来,明太祖和陈友谅争霸天下的时候,马皇后曾经背着幼小的太子跟随朱元璋四处迁移。后来太子受封,马皇后便画了一幅背子图给太子,并且叮嘱他时刻贴身保管。

现在马皇后已经病逝,明太祖身边少了劝诫的人,行事越发狠厉起来。若不是太子及时拿出这幅背子图,让明太祖记起与马皇后往日的情意,恐怕他也是要吃一番苦头的。

太子的心地和马皇后一样善良,他不忍心看到这些老功臣下场凄惨。但是多番劝诫无果后,太子也心灰意冷了起来。这时,明太祖想要迁都到关中,听说关中的秦王有怨言,便让人把他囚禁起来,还派太子去调查秦王的情况。

太子前往关中调查之后,反复强调秦王绝无异心。但是明太祖不相信,始终不肯赦免秦王。之后,太子便越发消沉,最终在洪武二十五年(1392年)抑郁而终。

太子英年早逝,东宫之位出现空缺。明太祖在晚年经历丧子之痛的时候,还陷入了立储的难题。

明 | **12. 建文帝削藩引祸端**

明太祖一共有二十四个儿子,他最喜欢的是燕王朱棣。因为燕王行事果断,在战场上也英勇非凡,很像年轻时候的明太祖。

太子抑郁而终后,明太祖有意册立燕王当储君。但是已故太子膝下有五个儿子,除了长子早夭,次子朱允炆已经长大。按照礼法来说,应该是让孙儿允炆继位。因为这层缘故,明太祖在选择储君的时候十分为难。

明太祖思来想去,还是决定召集群臣开会商议此事。

明太祖打算立燕王为储君的想法,果然遭到了臣子们的强烈反对。他们认为已故太子的儿子朱允炆才是合礼法的继承人。而且燕王前面还有秦王和晋王两个哥哥,无论如何都不该选择燕王。明太祖见状,只好下旨册立朱允炆为皇太孙。

已故太子生前与凉国公蓝玉关系密切。蓝玉曾私底下告诉太子,"燕王在封地行为举止犹如皇帝,而且有传言说,燕地有天子气,希望殿下提前预防,谨慎对待。"

太子听了不以为意,说道:"燕王对待我很是恭敬,绝无此事。"

蓝玉于是说:"殿下对待臣很是优待,臣这才说此番话,但愿臣说的话不会变成事实。"有人将蓝玉的话偷偷汇报给燕王,燕王于是想置蓝玉于死地。

蓝玉这人向来居功自傲，他虽然没有谋反的心思，但是做事十分狂妄和招摇，惹得明太祖十分不满。太子薨（hōng）逝后，燕王入朝侍奉，他向明太祖上奏，请求严办朝中那些位高权重、目无法纪的公侯，矛头直指蓝玉。

明太祖对蓝玉更加猜忌。一天，蓝玉私底下向朋友抱怨："他已经怀疑我了。"话刚说完没多久，锦衣卫蒋瓛（huán）便把他抓了起来，指控蓝玉有心谋反，还牵连出一连串的人。

在狱里，蓝玉等人受到严刑拷打。最终，审判官不管真相如何，将这些人和他们的亲属都杀了。蓝玉一案中，受牵连被害的人达到了一万五千多人，明朝的开国功臣几乎都被害。

但是明太祖还不放心。一年后，颍国公傅友德上奏请求赐良田一千亩，落得一个被赐死的下场。定远侯王弼听说后，感叹了一句："皇上年事已高，越发喜怒无常了。"结果也被赐死。

宋国公冯胜在家里骑马取乐，却被人污蔑私藏武器，意在谋反。明太祖找来宋国公喝酒，安慰他说自己不会听信小人谗言。谁知宋国公喝酒回到家后，很快就毒发身亡了。

明朝的开国功臣之中，只有徐达、常遇春、李文忠、邓愈因为死在胡惟庸、蓝玉一案之前，沐英又常年驻守边疆，才没有蒙冤。汤和因为绝顶聪明，早早地告老还乡，闭口不谈国事，也得以寿终正寝。

明太祖将开国功臣都铲除之后，把镇守边疆的事务都交给了皇子们。其中燕王最为英勇，驻守在北方大漠，数次出击追杀元朝余党。燕王没有辜负明太祖的期望，征战频频告捷，俘虏、斩杀了数十名元将。

洪武三十一年（1398年），秦王、晋王都薨逝了，明太祖让燕王统领诸王。燕王以元朝故都，即后来的北平为基地，努力经营，

12. 建文帝削藩引祸端

势力逐渐变得强大起来。

同年闰五月,明太祖驾崩,皇太孙朱允炆继位,史称建文帝。明太祖在遗诏中言明,各地藩王非经传诏不得进京。

建文帝继位后,也颁布了一道圣旨,禁止各地藩王私自进京。但谁都没有想到的是,燕王偏偏连夜赶往京城。建文帝立即派人阻拦燕王,命其立刻返回封地。燕王只好闷闷不乐地折返。

此时,京城有流言传出,说建文帝有意削藩。燕王率先探知消息,马上称病不出。其他藩王也人人自危,暗地里开始谋划起来。但出人意料的是,周王的次子朱有爋(xūn)向建文帝通风报信,举报周王、燕王等人私下谋反的事情。

建文帝心慌意乱了,他听取心腹大臣齐泰、黄子澄的建议,把周王抓到京城,贬为平民,关进了大牢里。周王是燕王的同胞兄弟,建文帝此举,意在先斩断燕王的手足,再围攻孤立无援的燕王。

但是燕王不会束手就擒，他派人在后花园的地底下建造了一座兵工厂。地面上圈养一大群吵吵嚷嚷的家禽，地底下却在偷偷锻造兵器，以此掩人耳目。

世上没有不透风的墙，没过多久建文帝便得知了此事。他一方面派人驻守开平，防备燕王；另一方面将燕王的护卫兵调离，试图以此削弱其势力。

正当建文帝专心对付燕王的时候，忽然传来了代王、齐王、湘王等人起兵谋反的消息。

 明 | **13. 靖难之役**

建文帝还在提防燕王,没想到其他几位藩王却联合谋反了。建文帝急忙派出军队平叛,好在很快便压制住这几个藩王的势力。除了自焚的湘王之外,其他藩王都被收回印玺,贬为平民,或囚禁起来,或流放边地。

燕王在北平虽然没有揭竿而起,可是他私自锻造武器的消息传出后,连累了他三个身在京城的儿子。这三人是为了明太祖的忌辰而来,没想到祭拜结束之后,直接被建文帝软禁了起来。

燕王又谎称自己病重,请求建文帝放三个儿子回来,为自己送终。建文帝听从了黄子澄的建议,打算释放三位人质,让燕王放松戒备。

眼下处境越发艰难,燕王不敢有丝毫大意了,开始每天装疯卖傻起来。但是建文帝并不相信燕王真的疯了,继续筹备自己的计划,设法捉拿燕王。

但是再周密的计划也有漏洞。建文帝任命的北平都指挥张信原是燕王的旧部,他得知建文帝想捉拿燕王之后,不知所措,便将这件事告诉了老母亲。老母亲听完大惊失色,说道:"千万不可以这么干!我听说燕王将要得到天下,你一个人怎么可能抓得住他?"

张信听母亲这么一说,越发犹豫,这时候密旨又到了,催促张信赶紧捉拿燕王。张信便前往燕王府,决定归顺燕王。

张信到了燕王府,发现燕王面色苍白地躺在床上,满嘴里胡言乱语,一副疯疯癫癫的模样。

张信叹了口气,如实对燕王说道,建文帝让自己捉拿他回京,但是自己有意归顺燕王,希望燕王不要再对自己装病。燕王继续装疯卖傻,张信便磕头说道:"殿下不必如此,有什么事情都可以尽管告诉臣。"

燕王瞪大了眼睛问:"你说什么?"

张信又说道:"臣愿意归顺殿下,但是殿下一直对臣装病。臣愿意把实情告诉殿下,朝廷下令让臣捉拿殿下,殿下如果真有病,那么臣只好把殿下捉到京城去。否则的话,希望殿下提前谋划,不要对臣再有所隐瞒。"

说到这里,燕王忽然从床上跳起来,下拜张信:"你就是我的恩公!让我一家活下来的人,就是你!"

燕王于是拉着张信的手,开始谋划反叛的事情。

过了几天,张昺(bǐng)、谢贵等人率领一众士兵来到燕王府,谎称王府里有罪臣,要求进入府内捉拿。燕王派人跟谢贵说,自己已经提前抓到了罪臣,请谢贵等人前往核实。

谢贵和张昺半信半疑,但在燕王的催促下还是去了。进入王府大门前,士兵们被拦在门外,两人也没有多虑。

燕王自称病愈了,亲自前来迎接,还设宴款待他们。席间,燕王摔瓜为号,大殿两侧的伏兵一起拥出,当场杀死了谢贵和张昺。门外等候的士兵们听说谢贵和张昺被杀,马上一哄而散。

随后,燕王很快再度掌控北平。他召集军队誓师,废除建文年号,沿袭洪武年号,开始操练军队、秣马厉兵,光明正大地举旗反叛。

燕王一面率军入京,一面派人八百里加急传信给建文帝。燕王在信中写道:建文帝优柔寡断,被奸臣黄子澄等人利用,导致手足

13. 靖难之役

相残。燕王将要替先帝讨伐奸臣，特此成立靖难军南下。

建文帝收到燕王的信，担心自己背上杀害叔父的罪名，一时犹豫不决，甚至在将领们领兵出战的时候，还叮嘱他们不要赶尽杀绝。

燕王行军路上势如破竹，几乎是百战百胜，一路杀出居庸关，攻克雄县、莫州。建文帝见己方频频战败，听信黄子澄的话，撤下老将耿炳文，改任曹国公李景隆为统帅。

这李景隆一上任，就从各地调兵遣将，率领浩浩荡荡的五十万大军出发了。

燕王听说后十分欣喜。他认为李景隆没有什么军事才能，手下纵使有五十万大军也打不了胜仗。随后两军交战，燕王果然大败李景隆，甚至中间还偷偷绕道大宁，从宁王手中骗取了大宁城。

这李景隆败走德州后，本来以为自己会受到严厉处罚，没想到圣旨传来，却是册封他为太子太师！

　　这一切都是远在京城的黄子澄暗中谋划的。黄子澄接到李景隆兵败的消息之后，不但隐瞒事实，还谎称李景隆大获全胜。只是因为天气渐渐寒冷，眼下才退居德州养精蓄锐，等待来年雪化之后再战。

　　李景隆收到黄子澄的密信，才明白了事情的原委，心里感激不尽。他在德州休整军队，再次招兵买马，又集结了五六十万人。到了建文二年（1400年）春天，李景隆信心满满地进攻燕王的北军。但燕王在边境征战多年，即便是在敌众我寡的情况下，也能游刃有余地将李景隆的军队打得溃不成军。

　　纸包不住火，李景隆战败的消息终究传到了京城。建文帝下令召回李景隆，命左都督盛庸接任，同时升任铁铉（xuàn）为山东参政。同时，建文帝不得不假意派人前去与燕王议和。

14. 建文帝优柔寡断

建文帝一面假意派人与燕王议和,一面让人时刻备战。但是,燕王根本无心议和,他铁了心要夺走建文帝的皇位。

燕王虽然战无不胜,但是老马也有失蹄的时候。攻打济南时,燕王碰上了新上任的守将铁铉和盛庸。铁铉设下计谋诱骗燕王,差点当场抓住他。最终燕王拼命狂奔才得以逃脱。

燕王被激怒了,转头调集大军用火炮猛攻济南城。城墙被炮火破坏得很严重,情势危急之下,铁铉在城头上挂出太祖的牌位。燕王见了只好下令停止炮击,铁铉抓紧时间让人修补好了城墙。燕王一时没了主意,便听从谋士道衍的建议,暂时撤军北归。铁铉与盛庸率领大军追击,顺道攻克了德州。

捷报传到京城,铁铉因功升任兵部尚书,盛庸获封历城侯、平燕将军。

燕王自起兵以来所向披靡,几乎战无不胜,哪里受得了这个委屈?不久,他又领兵南下,攻打德州城。盛庸联合铁铉、平安等人,驻扎在东昌,布置下火器、毒箭等待燕军。

燕军一到,火炮齐发,顿时漫天箭雨从天而降,北军将士死伤无数。

令人费解的是,在双方交战的过程中,南军始终不敢拿弓箭射

杀燕王。原来，先前建文帝担心自己被人指责杀害叔父，特别强调了不能伤害燕王，燕王才得以在德州一战中全身而退。

燕王兵败之后，清点伤亡人数，发现损失了两三万人。他只好回到北平，暂做休整。

建文三年（1401年）春，燕王再次率军南下，这次进攻的目标依然是德州。

燕王来到德州附近，早有盛庸率守军出来迎战。燕王面对盛庸密不透风的防御，又折损了数名大将，几乎无计可施。悲愤之下，燕王带着十几个手下跑到了盛庸的军营外，还就地扎营睡了一晚。

等燕王醒来后，猛然发现周围都是盛庸的士兵，他们你一言我一语地请求燕王逃走。燕王不紧不慢地骑马离开，在他的身后，守兵们伫立着目送他离去，连弓箭都不敢举起来。

过了一天后，燕王整军重来，向盛庸的军营发起猛烈的攻势。恰巧东北风起，双方看不见人影，燕王却命令擂鼓进攻，挥军而上。南军被吓破了胆，纷纷逃窜。盛庸见形势不对，连忙弃了军营逃回德州城。

建文帝收到德州失利的消息，听了谋士方孝孺（rú）的话，派出使者与燕王协商，以拖延时间，好让南军赶去攻打北平。燕王收到建文帝的诏书，笑着说，如果皇上能够遣散各路军队，斩杀黄子澄等奸臣，他就自动请罪。

使者回京之后向建文帝禀报，说燕王的军营排列起来有一百多里，军事力量十分雄厚。建文帝听了之后，更加忌惮燕王，但始终奈何不了他。

这时，燕王又写了一封信派人送给建文帝，指责朝廷既已答应罢兵，却又派南军挡住他们的粮道，要求南军立即撤退。建文帝本想后退一步，但是方孝孺却认为燕王的话不可信，怂恿建文帝把信

14. 建文帝优柔寡断

使抓起来。

燕王得知自己派去的信使被打入大牢之后，马上派兵报复南军。他让士兵换上南军的衣服，混入南军。到了晚上，这些人偷偷纵火，把南军的军粮烧得一干二净。

随后燕王又派出猛将邱福、薛禄攻打济州城，烧毁南军几万艘装满军粮的船只，连带着船上的军械都被烧毁。经此一战，南军的军事力量被大幅削弱。

这个时候，方孝孺又想出一招计谋。他认为，想要击败燕王很简单，只要使用离间计，挑拨燕王和世子之间的关系即可。建文帝听信了他的话，派人写了一封信给燕王世子朱高炽（chì），假装要拉拢他。

可谁知，朱高炽连信都不拆开，直接让人转交给父亲，自动化

解了这场危机。

建文帝的离间计没有奏效,自己却被宫里的人背叛了。原来,宫中的宦官领命出宫办事,经常侵扰百姓,民间怨声四起。建文帝知道后,让各地官员逮捕那些贪赃枉法的宦官。这些犯法的宦官便起了报复之心,私下派人找到燕王,把京城的防御情况全都泄露给了燕王。

燕王收到密报之后,南下征战更加胸有成竹,一路上捷报频传。南军的各城守将,甚至有出钱贿赂燕王主动归顺的。建文帝也意识到大势已去,只能派出李景隆议和。

 # 15. 鬼门出逃

先前,建文帝为缓和僵局已诈和一次。燕王见李景隆来求和,丝毫不为所动,坚持要建文帝交出奸臣,才肯罢兵。

没过多久,李景隆再度奉旨前往燕王军营。为了增加此次出使的分量,建文帝特意让诸位藩王一同前往。在燕王面前,李景隆信誓旦旦地说,黄子澄等奸臣早就被流放到边疆,等朝廷派人把他们抓回京城之后,再送给燕王。其实,黄子澄和齐泰两个人不仅没被流放,还在京城里过着滋润的日子。

一行人齐聚燕王跟前,你一言我一语地为建文帝辩护,而燕王却不置可否。建文帝担心燕王攻来,急忙向方孝孺取经。方孝孺认为京城有重兵把守,抵御燕王的进攻绰绰有余。为了保证万无一失,方孝孺又提出撤去城外的民居,让百姓运送木头进城,让燕军到了也没办法搭建营寨。

建文帝便听取了方孝孺的建议,强行让京城外郊的百姓拆了房子,运送木头进城。百姓们心中充满愤懑,不愿意顶着烈日拆房子和运输木材,竟一把火烧了房屋。

方孝孺又提出让藩王们守住各个要塞,建文帝一一准奏。而黄子澄和齐泰两人假装声称要外出募兵,不等建文帝同意便擅自离开。一个躲去苏州,另一个逃到广德州,都离京城远远的。

这时,建文帝刚收到燕王进攻京城的确切消息,紧接着便又有急报传来,翰林编修程济跑入大殿中,大声呼喊着:"不好了!不好了!燕军已经打进城了!"

建文帝一听顿时更慌了,急忙问:"这么容易就打进来,难道是有内应吗?"

程济说:"谷王朱橞(huì)和李景隆打开了城门!"

建文帝一下子哭了起来:"朕不曾薄待这两位,他们竟然负朕,还有其他情况吗?"

程济继续说:"御史等人在燕王马前叩首,实际上是想要刺杀燕王,结果被识破了,已经被杀了。"

建文帝这才止住哭声,说道:"有这样的忠臣,后悔当初没有重用他们,朕也知道自己有错,就听从方孝孺的话殉国吧。"

说完,就要拔刀自刎。少监王钺急忙拦住建文帝:"陛下不可轻生,以前高皇帝曾经留下一箧,交给了掌宫太监,并且留下了遗嘱,'子孙如果有难,可以打开箧,其中有逃难的方法'。"

眼看着燕王即将闯入皇宫,建文帝怀抱着最后一丝希望,让人用铁锥撬开箱子。令所有人都出乎意料的是,箱子里并没有什么击败燕王的锦囊妙计,而是放了三张度牒和一些僧帽袈裟。

另外,箱子里还放了一张红纸,纸上写着:应文僧人从鬼门出逃,其他人从水关出逃,傍晚时分再到神乐观的西房集合。这应文僧人,就是三张度牒中的名字。

情况十万火急,由不得建文帝深思其中缘由。一旁的臣子看到箱子里还有一把剃刀,便也顾不上礼数,急急忙忙给建文帝剃度。建文帝拿起写有应文名字的度牒,把写有应能名字的度牒交给了一个叫杨应能的臣子,写有应贤的度牒交给了名叫叶希贤的臣子。

15. 鬼门出逃

穿上袈裟、戴上僧帽之后的建文帝，倒也有几分僧人模样。建文帝逃难前，让人一把火把行宫烧了个干干净净。除了悲愤自尽的皇后和一些提前逃跑的妃子之外，大多数人都葬身火海。

在几个人的护送下，建文帝一路上东躲西藏，匆匆逃到太平门内的鬼门。这鬼门形如狗洞十分矮小，只能勉强容纳一个人弯腰进出。建文帝弓着腰刚走出鬼门，门外平白出现的一个身影，令他惊出一身冷汗。

当建文帝定睛一看，却发现是一个面容和蔼的老和尚。老和尚见了身着僧衣的建文帝，却能一眼认出其身份，毕恭毕敬地磕了个头，低声呼唤万岁。原来，这老和尚是神乐观的住持。前一晚做梦梦到明太祖让他来鬼门，这才有了接应建文帝的机缘巧合。

建文帝松了一口气，连忙登上老和尚备好的小船，乘船来到神乐观。到了傍晚时分，杨应能、叶希贤等人到了。他们见到建文帝，心中感慨万分，免不了痛哭流涕一场。建文帝知道自己大势已去，也就接受了自己的僧人身份。为避免事端，建文帝与这些旧臣以师兄弟相称。

之后，建文帝、杨应能、叶希贤扮作僧人，其余人扮成道士，一行人改头换面，在神乐观安然地生活了一段时间。建文帝心里清楚道观不能久留，便带着旧臣开始云游四方。

另一边燕王入京后，受到了文武百官的拥戴。燕王看到燃着熊熊大火的宫殿，追问建文帝的下落。兵部尚书茹瑺战战兢兢地回答，建文帝恐怕已经葬身火海了。

燕王听了之后，以得罪了先祖为由，不愿主动登基。但文武百官齐齐跪下，高声呼喊燕王的名字，恳请他登基主持大局。燕王才在众人的拥护下登上皇位。

 明 | **16. 郑和下西洋**

燕王登基后,曾经下令清宫三日,将服侍过建文帝的人全部铲除。短短三日内,这些在火海中幸存的太监、宫女,几乎都被残忍杀害了。而曾经冒犯过建文帝的宫人,却免于一死。

燕王找不到建文帝的尸体,正为如何处理他的后事发愁。有人抬出皇后烧焦的尸体,堂而皇之地称其为死去的建文帝。燕王也不细究,命人以天子礼数安葬。这时,突然有一位臣子穿着孝服跪倒在尸体前号啕大哭。这个人便是方孝孺。

方孝孺有着过人的才学,被天下学子奉为领袖,燕王一直有心招揽他。但燕王见了方孝孺,先给他来了个下马威,命人将他逮捕入狱,燕王朱棣说:"先生不要再自我折磨了,朕正想要效仿周公辅佐成王那样辅佐幼主。"

方孝孺问:"成王呢?"

燕王朱棣说:"他自焚而死了。"

"那为什么不立成王的儿子?"

"国家还是交给年龄大的君主会好一些。"

方孝孺继续问:"那为什么不立成王的弟弟?"

燕王朱棣顾左右而言他:"这是朕的家事,先生不必再说了。"

说着,就将纸和笔递给方孝孺,想让他给自己写继位诏书,却不承

想遭到方孝孺的耻笑,还被其在诏书上写下"燕贼篡位"四个不堪入目的大字。燕王勃然大怒之下,杀了方孝孺全家、门内学生以及有交情的朋友等八百多人。

燕王对建文帝心存怨恨,先是下旨废除建文帝的年号和他制定的律法。又废除了建文帝父亲的皇帝庙号,改成太子称号。同年,燕王正式登基,史称明成祖,次年改元永乐,大赦天下。

明太祖在位时,曾经下旨禁止太监参政。而燕王领兵起事的时候,还是京城的太监通风报信,他在攻打京城时才势如破竹。因此,明成祖继位后,对于曾经给他送情报的太监有重赏。就连考察民情,明成祖也是派出太监前往。这些身穿官服的太监,因为受到明成祖的宠信,地位比将领还高。

其中,立下最大功劳的太监,莫过于出使西洋的郑和。

最初,明成祖派遣郑和前往西洋,目的是寻找失踪的建文帝。明成祖心里清楚,那具烧焦的尸体不可能是建文帝。但是他不知道建文帝远逃云南,一直以应文和尚的身份生活着。明成祖猜测建文帝逃到了海外,便特意命人造出大船六十二艘,让郑和等人带着三万七千名士兵出使西洋。

郑和从苏州出发,一路南下,来到了占城(越南中南部)。在占城,郑和到处搜寻打听了一番,却没找到一点关于建文帝的蛛丝马迹。虽然郑和此行是为了寻找建文帝,但是就这样返回实在是有虚此行,因此决定遍访西洋各国,广交友邦,宣扬大明国威。

郑和于是从占城南下,前往三佛齐岛国。这个地方原本是广东南海人王道明开辟的,但是被邻近的爪哇岛侵略并占领了,后来又被海盗陈祖义占有。

了解三佛齐岛国复杂的历史背景后,郑和决定兵分两路。他派出副手王景弘招降临近的爪哇、婆罗洲,自己则带着一百多人面见

16. 郑和下西洋

陈祖义。

郑和见了陈祖义之后，向他传诏大明皇帝的命令，还送了不少金银珠宝给他。陈祖义将财宝照单全收，却不肯向明朝进贡。

郑和怒气冲冲地回到船上，当即发动数万士兵攻打陈祖义。

陈祖义虽然是一岛之主，但毕竟是海盗出身，手下一群人也是没有受过正规训练的土匪兵。这群土匪兵跟训练有素的明军一经交战，很快就输得一败涂地。陈祖义急得火烧火燎，连忙向附近的爪哇等岛国请求支援。但这些岛国早就提前被王景弘招降，对于陈祖义的求助置之不理。

没过多久，郑和便抓到了陈祖义。郑和让岛民们重新选举岛主，并且要求新岛主必须归附明朝。后来郑和押着被五花大绑的陈祖义遍示诸岛，各岛主见了都害怕实力强大的明朝攻打自己，纷纷表示愿意归顺朝贡。

回国之后,郑和虽然没有找到失踪的建文帝,但是招降了数个国家,还是受到了明成祖的重赏。明成祖见郑和前次出使有功,又安排他再次下西洋。这次,郑和的目的不再是寻找建文帝,而是奉旨封赏西洋的各附属国。

郑和完成使命之后,心血来潮之下指挥船队朝着西方一路航行。这次,他们来到了四季如夏的锡兰国。锡兰国的酋长也很殷勤,带着郑和观看了老虎、猎豹等猛兽。

郑和得知这位酋长喜欢把得罪自己的人扔给猛兽当食物,便暗暗心生警惕。到了第二天,锡兰酋长又邀请郑和观看狮子搏斗。郑和觉得有诈,就称病不去。后面才从他人口中得知,锡兰酋长竟然想把他扔给狮子吃。

郑和在锡兰言语不通,雇用了一个常年跟南洋做生意的中国商人做向导。也正是由这位商人打听,郑和这才得知了锡兰酋长的阴谋。

锡兰酋长自知阴谋败露后,气急败坏之下竟然放出猛兽追杀郑和。

17. 出尔反尔的下场

锡兰酋长派出的猛兽中，有老虎、狮子、大象等，个个都是体型庞大、凶猛异常。但是再厉害的猛兽，也敌不过郑和船上的火炮。明军的火炮一打出去，这些猛兽就如同惊弓之鸟一般，吓得掉头往回跑。

锡兰士兵反而被野兽们冲撞、践踏，也大喊着狼狈逃窜。郑和乘胜进击，派出明军攻打锡兰，不到一天的工夫就占领了都城。

郑和生擒锡兰酋长和他的妻儿，将他们一起押送到京城。明成祖十分欣慰，重赏了郑和。

这次郑和休息了几个月，又主动向明成祖请求出使西洋。明成祖毫不犹豫地答应了。因为郑和的出使既宣扬了明朝的国威，又收服了不少的附属国。这对于明朝征战、往来贸易等方面来说，都是有益的。

第三次下西洋，郑和来到了苏门答腊岛。还没等郑和下船，远远地便有几个人跑到海口，神情焦急地大喊着什么。郑和经人翻译，才知道这几个人是岛上太子苏干利的心腹。

原来太子因为得罪国王被囚禁了，好不容易才派出心腹外出求援。他们刚到码头，恰好看到了郑和的船队。

了解事情的全部经过之后，郑和答应援助苏干利。他跟苏干利

里应外合,趁乱出兵赶走了国王。出狱后的苏干利,顺理成章地当上了国王。苏干利原本答应成为明朝的附属国,还没等郑和离开苏门答腊岛,又马上反悔了。

郑和一怒之下指挥明军攻打王宫,没多久便生擒了苏干利。郑和让岛上的人重新选举国王,并且签订了契约方才退兵。周围的岛国听说了这件事,不约而同地主动跟郑和签订附属国契约。

收编这些小国之后,郑和又朝着西南方航行,他越过好望角来到了吕宋(菲律宾群岛北部),签下附属国契约之后才回京。

后来郑和又多次下西洋,直到第七次,船队遭遇了飓风,六十多艘船覆没了大半,只剩下了十多艘。不过,郑和的七次出洋使得明朝和南洋的商贸往来越发密切,由此还慢慢开发出固定的商船航道。频繁的通商给明朝带来了不少好处,交通和科技也在这个时期迅猛发展起来。

这时,明朝突然发兵南征,讨伐安南国(越南北部)。

在元朝时期,安南国曾经是中国的附属国。明太祖夺得天下后,派人册封安南国国王陈日煃(kuǐ),安南又归附明朝。陈日煃死后,安南国国内发生了篡位的事情。

篡位的人叫作陈叔明,他杀害了王位继承人,自己称王,并派人入京朝贡。明朝大臣们知道这件事后,纷纷上疏指责他。陈叔明迫于压力,把王位让给了他人。即便如此,安南国实际的权力,还是掌握在陈叔明一人的手上。

陈叔明死后,他的女婿黎季犁逐渐掌握大权。黎季犁此人的手段比起弑弟夺位的陈叔明,有过之无不及。黎季犁先后册立多位陈家子孙当皇帝,然后又残忍地把他们杀害。最后,黎季犁干脆让自己的儿子当皇帝,他则当起了太上皇。

刚好这个时候明成祖登基,黎季犁便派人前往祝贺,谎称陈家

17. 出尔反尔的下场

已经绝后,自己的儿子黎仓被迫继位。明成祖对此半信半疑,有意向安南国的老臣询问情况。黎季犛很精明,跟使者串通起来,让他用同样的话语回禀明成祖。明成祖不疑有他,便下令册封黎仓为新帝。

不久,安南国的老臣裴伯耆(qí)和已故国王陈日烜的弟弟陈天平一前一后找到明成祖,跟他痛诉黎季犛的罪状,这才真相大白。明成祖马上派出使者到安南国问责。

黎季犛却一改口风,变得十分爽快,自愿迎接陈天平登基。明成祖信以为真,只派了五千明军护送陈天平回国。谁承想陈天平半道被埋伏在山林间的安南军杀害,连同护送他的明军也死伤无数。

明成祖勃然大怒,他马上调兵八十万,派大将张辅等人讨伐安南国。

18. 迁都北平

地贫人稀的安南国，哪里能抵御得了明朝的千军万马，张辅领军出征，一路所向披靡，很快就打败了叛军。但安南国内纷争不定，接二连三出现动乱，张辅前后共三次攻打安南国，都大获全胜。明成祖十分高兴，下令让张辅驻守南方，才暂时免除了南部的边患。

而北部战事，也一直未曾停息。

原来，元朝的残余势力在西北地区蛰伏许久，一直被明军驱赶，于是决定收拢部众反戈一击。元军气势浩荡，原本是有几分胜算的，谁知内部出现了争夺权力的情况，王室成员相互残杀，导致势力一蹶不振。其间，臣子鬼力赤杀主夺权，去除蒙古国号，改名为鞑靼（dá dá）。后来王室后裔阿鲁（lǔ）台杀死鬼力赤，迎立本雅失里为汗，鞑靼国的实力又逐渐强大起来。

在鞑靼的西边，有个实力强大的部落叫瓦剌（là）。瓦剌本属于蒙古部族的一支，酋长叫马哈木。先前明成祖在北平起兵的时候，为了减少西北边境的威胁，特意跟马哈木和谈。后来明成祖称帝，还封马哈木为顺宁王。

马哈木借着有明朝做外援，经常在边境挑衅鞑靼。鞑靼十分恼火，却又无计可施。明成祖听说两个部落之间有矛盾，便派出十万明军，想趁此机会收服鞑靼。

18. 迁都北平

明成祖派遣淇国公丘福为征虏大将军，又让瓦剌部配合明军，形成夹击之势。不等明军到达，瓦剌部自行出击，击破了鞑靼都城。统帅丘福刚到，就听说鞑靼已经败了，变得更加骄傲轻敌，他听说鞑靼头目逃跑的地方距离此地不过三十里地，于是大喜说："擒贼先擒王！"

参将李远劝谏说："其中恐怕会有什么阴谋，不如等后军到了再从长计议。"

丘福大怒："难道你要动摇我的军心？敌寇的头目就在前面，不抓他还等什么时候？"

李远见丘福一意孤行，急忙搬出明成祖的名号："将军出兵之时，皇上再三告诫，要慎重用兵，难道将军忘了皇上的嘱咐不成？"

丘福一听，更加生气了："将在外君命有所不受！你要再假借天子的威严来压我，小心军法处置。"

最终，果然如李远所说的那般，敌人埋伏在树林之中，将明军团团围住，明军伤亡惨重，打了一场灰头土脸的败仗。明成祖一怒之下，于永乐八年（1410年）率领五十万大军亲征西北，势必要拿下鞑靼。

在此前一役中，鞑靼城已经被马哈木攻破，本雅失里和阿鲁台被迫迁居胪朐河。明成祖率领浩浩荡荡的大军行至胪朐河，吓得两人分路而逃。明成祖大败鞑靼，在擒获山勒石记功后返回京城。

到了第二年，鞑靼的太师阿鲁台派出使臣上缴贡品以表忠心，还声称愿意向明朝称臣。不久，阿鲁台又派人前来，说马哈木把鞑靼汗本雅失里杀了，另立了答里巴为汗。明成祖对于部落之间的战乱兴致缺缺，充其量也只想坐收渔翁之利，但是阿鲁台后来让人转达的话却令他为之一振。

阿鲁台表示鞑靼愿意充当先锋，和明朝携手击垮马哈木。明成

祖正有打压马哈木的意思,听了这话喜出望外,马上册封阿鲁台为和宁王。同时,明成祖下旨问责马哈木的罪过,命其进京朝圣。

先前马哈木攻打鞑靼,是受了明成祖的旨意,现在眼看着明朝和鞑靼交好,马哈木哪里肯低头认错?明成祖决定再次亲征,这次还带上了他最为欣赏的皇太孙朱瞻(zhān)基,想让他在战场上好好历练一番,更清楚地认识到作为一国之君内修外攘的不易。

最终马哈木惨败,无论他再怎么不服气,也只能乖乖上贡谢罪。后来,马哈木跟阿鲁台之间一直针锋相对,彼此摩擦不断,各有胜负。时常有消息传到京城,明成祖却始终不动如山。

随着时间的推移,阿鲁台的势力慢慢扩大,竟公然羞辱明朝派来的使臣。明成祖再三颁旨训诫,阿鲁台全然不顾,还率大军入侵边境。明成祖忍无可忍,决定把都城迁到北平再做打算。

北平这个地方交通便利,是各民族贸易的中心,同时也是政治、

18. 迁都北平

军事要塞,便于明朝及时抵御北方民族的进攻。永乐十九年(1421年),明成祖正式迁都北平,并将其改名为北京。

定都北京后,明成祖又起了攻打阿鲁台的想法。此时,有臣子因北部粮草不足而劝阻。但明成祖一意孤行,把和自己意见相左的大臣统统打入大牢。明成祖先后北征三次攻打阿鲁台,每次都打了胜仗,更加激起了他的好战心理。

连年的征战,让明成祖的身体越来越差。在第三次北征返京的途中,明成祖重病不起,很快便驾崩了。依据他的遗诏,皇太子朱高炽继位,史称明仁宗。

 # 19. 宣德之治

明仁宗十分重视仁政,即位后颁布了许多深得民心的法令。可惜好景不长,明仁宗即位才一年便得了不治之症,没过多久便驾崩了。

依据明仁宗的遗诏,太子朱瞻基继位,史称明宣宗。

先前,汉王朱高煦(xù)对帝位一直虎视眈眈。朱高煦趁着新帝即位政权不稳,不仅私下招兵买马,还仗着自己的权势,肆意掠夺官员的马匹以充军用。

汉王勾结将领、意图谋反的消息传到京城,明宣宗龙颜大怒。大臣张辅说:"朱高煦有勇无谋,外强中干,现如今只需要给臣两万人,便能抓住朱高煦,献给陛下,陛下不必亲自前去征讨。"

大学士杨荣谏言:"朱高煦想的是陛下刚刚登基,肯定不会御驾亲征,所以才肆无忌惮,如果陛下御驾亲征,事情很容易就解决了,臣愿意给陛下打前锋。"

明宣宗听了很是感动,于是,明宣宗偏行虎山,决定亲自讨伐朱高煦。

盘踞乐安城的朱高煦突然听说明宣宗率兵亲征,嚣张气焰顿时消散大半。两军交战没多久,朱高煦就被打得大败,很快递上了投降书。

19. 宣德之治

朱高煦及其亲属被押解进京，贬为庶人，朱高煦夫妇则被幽禁在西安门内。后来朱高煦因羞辱明宣宗，死相十分凄惨。

再说赵王朱高燧（suì）得知汉王被擒后，也如同热锅上的蚂蚁一般焦灼起来。原来，朱高煦谋反时曾经私下联系过朱高燧。朱高燧虽然没有采取行动，但是并未及时告知明宣宗，谋反之心可谓是摇摆不定。眼下，朱高燧能否保全性命，全靠明宣宗是否顾虑往日情谊。

好在明宣宗宅心仁厚，他念及朱高燧是太祖最后一个儿子，赦免了他的罪，这才使得朱高燧得以善终。

明宣宗在位期间，曾微服出巡体察民情，了解百姓的生产生活现状，回宫后制定了一系列与民休养生息的政令。他下令赈济灾民，拨款救助贫困百姓，命令各地方官府修筑储备仓，以备灾年的不时之需。同时广开言路，听取大臣们的治政意见，朝堂之上人才济济，

纷纷踊跃进言。

为了改变官员贪腐的风气，明宣宗改革官制，扩大了都察院的监察职能，罢免了一批才德不配位的官员，政治变得更为清明。

在军事上，明朝当时没有强劲外敌，且因为郑和下西洋的影响，一时间万国来朝。在明宣宗统治的相当长一段时间里，都处于国泰民安的状态。因此，后人也把宣德之治称为明朝的黄金时期。

宣德十年（1435年），明宣宗驾崩，九岁的太子朱祁镇奉命登基，史称明英宗。

明英宗一登基，便提拔王振担任宦官总管——司礼太监。这司礼太监的职责可大可小，上到协助皇帝掌管奏折、代传皇帝圣旨和口谕，下到总管宫里所有宦官。历代以来，都是由皇帝最信任的人担任这个职位。

王振在明英宗做太子时就日夜侍奉在旁，深受宠信。明英宗不但让王振担任司礼太监，还尊称他为"先生"。这使得王振越来越骄横跋扈，自以为权势滔天，甚至打起了兵权的主意。

王振在宫外建了一个练兵场，把京城的武将都大费周章地拉来这里。名义上是阅兵和训练，实际上是王振为了方便自己笼络武将，而想出来的法子。

后来，王振为了显示自己的威权，开始对文臣滥用刑罚。太皇太后听说之后，心里对王振有了提防。等王振跪拜的时候，太皇太后忽然大怒着说："你服侍皇帝起居以来，做了很多坏事！罪不可赦！今天要赐你死罪！"

王振听闻后大惊失色，正准备辩解，左右女官已经拔出刀剑架在了他的脖颈上，吓得王振魂不附体，一句话都说不出来。明英宗一看王振有难，急忙跪倒在地上给他求情，其他大臣也只好跪下给他求情。

19. 宣德之治

太皇太后这才说道："皇帝年少，不能辨别这些小人，既然你们都求情，那就先将他的头颅寄存在他肩膀上，要是以后还有干政的事情，定不饶他！"

太皇太后一番操作，吓得王振连连谢恩，这才暂时阻止了王振干预朝政的行为。

明王宫外一直竖着一块巨大的铁碑，是明太祖时期立下的，上面写着"内官不得干预朝政"。王振早就瞧这块铁碑不顺眼，等太皇太后去世之后，他便马上派人把铁碑拔除。

自此之后，王振行事越发肆意，亲近他的人就受到提拔，抨击他的一律处死，完全凌驾于年幼的明英宗之上。

 明 | 20. 土木堡之变

明英宗年幼无知,事事都要询问王振的意见,导致皇权旁落。朝廷百官担心受到王振的迫害,敢怒而不敢言。为了建立自己的功绩,王振还多次派大军征讨云南,虽然每次都获胜了,但劳师动众,耗费了巨资,最终受苦受难的还是老百姓。

东南地区的土匪趁着民怨沸腾,以擒拿王振为借口,纷纷揭竿起义。朝廷派人清剿了半年,又让人收买招安,这才平定了动乱。

可一波未平一波又起,朝廷刚处理好东南地区的后续事宜,西北地区又突然告急。

原来,部落兀良哈三卫数次侵犯边境,还勾结瓦剌一起作乱。瓦剌曾经对明朝俯首称臣,但是因为谎报贡品数量一事,和明朝闹得很不愉快。在兀良哈三卫的煽动下,瓦剌选择了结盟,带着邻国鞑靼一起入侵辽东。

警报传到京城,年轻的明英宗自然是急忙询问王振的意见。王振此人对军事一窍不通,鼓吹明英宗应该效仿太祖、太宗,亲自率兵北征。明英宗听了之后头脑一热,不由分说地率领文武百官和五十多万士兵出征。

明军一行人浩浩荡荡地北上,走了好几日,将士们早就精疲力竭,纷纷请求在附近安营扎寨。王振无一例外地驳回了他们的请求,

20. 土木堡之变

还以军法要挟，逼迫他们继续风雨兼程地赶路。

明军已经兵困马乏，又看到前路上尸首遍野，都萌生退意。王振也打起了退堂鼓，先是怂恿明英宗向他的老家蔚州出发，又因为担心大军损坏乡里的禾苗半路改道宣府。就在这时，瓦剌大军突然杀到，明军转眼间溃败，只得夺路而逃。

明军退到了土木堡，还来不及喝口水喘息一下，瓦剌军就又追了上来。明军将士毫无士气，一个个都缴械投降了。明英宗和一班文武大臣共百余人，被包围在垓心。护卫将军樊忠看着罪魁祸首王振，气不打一处来，提刀杀死了他。

众人拼死守卫明英宗，但根本无济于事，最终明英宗被瓦剌军俘虏。

消息传回国内，举国震惊。瓦剌军不仅关押了明英宗，还向明朝廷索要巨额赎金。

英宗败隔土木堡

明朝廷无可奈何，将宫里上上下下搜刮一通，勉强凑出了一批金银珠宝。可没想到瓦剌军收下了赎金，却不肯释放明英宗。瓦剌军的统帅也先声称要把自己的亲妹妹许配给明英宗，还整日带着明英宗游山玩水。

明英宗虽然在瓦剌受到礼遇，但始终盼望着明朝廷派人来救驾。但他万万没有想到的是，明朝廷非但没有派人营救，还新立了一位新帝。

这位新帝，就是郕（chéng）王朱祁钰（yù）。

郕王一直镇守京城，颇有威望。朝廷群臣琢磨着既然瓦剌不肯放人，明军又受到重创，无法及时救出明英宗。而国家又不能一日无君主，且太子年幼，便商量立郕王当皇帝。郕王推辞了几番，便也欣然登基，史称明景帝。

明景帝登基的消息传到瓦剌，也先开始思索怎么处置废帝明英宗。而明英宗身边的太监喜宁趁机叛变，给也先出了个主意，说可以趁此机会假装说要护送明英宗回京，在入关的时候再悄悄安排一大批人马抵京偷袭。

也先听了大喜，当即给明朝发出假信号，声称要护送明英宗回京。边关的守卫毫无提防，刚打开城门出迎，便被早有准备的瓦剌军歼灭。瓦剌军闯关长驱直入，大军直逼京城城门外。

京城为之一震，明景帝连忙任命于谦总督各营，统率各位将领，全权负责守城一事。于谦和也先几番周旋，把也先打得节节败退。也先只得挟持着明英宗出紫荆关，狼狈地退回塞外。京城由此解了重围。

也先此番突围京城，主要是听了喜宁的建议，喜宁还让他继续挟持明英宗，阻止明英宗南归。时间一长，明英宗不甘受此屈辱，产生了诛杀喜宁的念头。

21. 回宫遭冷落

明英宗一个人赤手空拳，无法直接铲除喜宁。亲信袁彬给他出了一个主意，即安排守卫高磐（pán）跟着喜宁回国索要赎金，等时机成熟的时候联合明朝的官员杀了喜宁。

喜宁不知内情，与高磐一道来到宣府。高磐寻机跟宣府参政杨俊和盘托出实情，喜宁被当场捉住押往京城，落得个身首异处的下场。明英宗提前得知消息，马上找到也先，谎称喜宁因为冲撞边关守卫被抓，撇清了自己的嫌疑。

也先不疑有他，派遣军队攻打宣府，为喜宁报仇。之后又以奉还明英宗为名，转战大同。

先锋部队到了大同城下，纷纷仰首喊道："陛下驾到！速来迎驾！"

守城的是定襄伯郭登，知道其中肯定有诈，于是将计就计，穿着朝服出迎，又暗中嘱咐士兵，只要等皇上进了城，就立刻放下闸板。

等到布置完毕，郭登才打开城门，喊道："请皇上先行，其余护从随后。"

敌军根本不听郭登的，只是一大帮人簇拥着明英宗往城门口拥来，到了门口忽然又停住不前，随即疾驰而去。郭登也不好追击，只好关闭城门。

经此一事,也先觉得明英宗已失去了往日的价值,便有了跟明朝议和的想法。

尽管也先想议和送回明英宗,明景帝却有些不情愿,担心英宗回来后威胁到自己。奈何以于谦为首的朝中大臣接连奏请,明景帝只得同意派出右都御史杨善、中书舍人赵荣等人出使瓦剌,迎回明英宗。

杨善此次出使竭力要完成使命,他看到朝廷带来的都是一些金币,便自掏腰包,购置了不少新奇物件。等一见到也先,杨善便把这些奇珍异宝先行送上,再慢慢地跟他沟通起瓦剌与明朝之间的问题。

原来,瓦剌每年都跟明朝有朝贡贸易往来。瓦剌卖马匹给明朝,却遭到频繁压价。而明朝赏赐的布匹,总是有些瑕疵。不仅如此,瓦剌派去的使臣也常常留在京城不返回。

杨善耐心地跟也先解释,说这是因为瓦剌供给马匹的数量供大于求,朝廷不忍心拒绝,便压低了价格,但总价比之前多。而赏赐的布匹中有次品一事,朝廷也在调查,一旦发现有人从中作乱就会严惩不贷。而且瓦剌的马都有优劣之分,布匹有瑕疵更是难以避免的。至于瓦剌的使臣,往往一行多达三四千人,其中鱼龙混杂,有的是因为犯法私自逃走了,明朝从未强留过他们。

杨善的话句句在理,听得也先频频点头。双方解开误会之后,自然握手言和,明英宗则跟着杨善回了京城。瓦剌贵族伯颜帖木儿和明英宗已产生深厚情谊,一直将明英宗送到野狐岭才洒泪而别。

明英宗回宫之后,居住在南宫,受到了众人的冷落。虽然他享有太上皇的名号,但待遇不仅大不如从前当皇帝时,更是连在瓦剌受困时都比不上。而且连行动都遭到了限制,就像被软禁了一般。

明景帝一面宣称自己继位是临危受命、形势所逼,一面又千方

21. 回宫遭冷落

百计地废旧太子朱见深为沂（yí）王，改立自己的儿子朱见济。皇后汪氏极力阻拦，还被明景帝废去后位。一些阿谀奉承、见风使舵的人，则统统升官加爵。

可才过了一年，新太子突然就病逝了。太子之位出现空缺，大臣们又都推荐沂王。明景帝担心大权旁落，不愿意立沂王为太子，便一直拖着。

到了景泰八年（1457年），明景帝突患重病，身体每况愈下，却仍旧不肯立太子。武清侯石亨、都督张軏（yuè）、太监曹吉祥与徐有贞暗中密谋，决定拥护明英宗继位。

四人为了享有拥立之功，下定决心铤而走险。明景帝此时已经缠绵病榻，听得大殿之上钟鼓喧哗，却也无力干涉了。

明英宗夺回帝位后，杀害了支持过明景帝的于谦、王文等贤臣，等明白过来了懊悔不已。有别于幼年时期盲目听信谗言，复位后的

明英宗开始励精图治，重用贤臣，多施仁政。

天顺八年（1464年）正月，明英宗驾崩，明宪宗朱见深继位，次年改元成化。

明宪宗荒淫无度，十分宠幸万贵妃及其党羽。万贵妃为人骄横跋扈，在后宫的权势比皇后还高。她没有子嗣，也容不得其他妃嫔诞下皇子，做出了不少残害妃嫔和皇帝子嗣的事情。加上明宪宗听任万贵妃挥霍无度，不知不觉便把前朝积累的财富消耗了大半。

明宪宗在位期间，荆襄、广西、甘肃平凉等地相继有盗匪、叛军作乱，朝廷多次发兵征讨，总算取得了胜利。在平乱的过程中，有个叫汪直的人被俘进宫，当了太监，靠着擅长揣度人心、阿谀（ē yú）奉承，后来竟扶摇直上，坐上了西厂的第一把交椅。

明 22. 八虎作乱

成化二十三年（1487年），万贵妃病逝。同年八月，明宪宗因思念过度追随而去。

宪宗驾崩以后，皇太子朱祐樘（chēng）继位，历史上称为孝宗皇帝。

宪宗末年用人不当，奸人横行，当时就有"纸糊三阁老，泥塑六尚书"的谣传。孝宗继位后整顿朝纲，黜佞（chù nìng）任贤，册封都督同知张峦的女儿张氏为皇后。

到弘治八年（1495年）以后，孝宗在朝政上逐渐懈怠，太监杨鹏、李广狼狈为奸，趁机蒙蔽孝宗，害得聪明仁厚的孝宗也开始迷信起仙佛来，竟然召用僧人和方士来研究符箓（lù）祈祷的事情。

李广暴死后，孝宗派人到李广家中搜索升仙的奇书，不料竟发现李广收受贿赂的账目。孝宗勃然大怒，对李广和那些奸臣痛恨至极。经过这件事之后，孝宗顿时觉悟，开始亲贤臣远小人，勤政爱民。

孝宗与张皇后始终相亲相爱并生了两个儿子，长子朱厚照被立为太子，次子朱厚炜（wěi）三岁时就夭折了。

弘治十八年（1505年），孝宗忽然生了一场大病，渐渐卧床不起。他知道自己时日无多，于是召见阁臣刘健、李东阳、谢迁到乾清宫嘱托后事。孝宗将遗诏交给阁臣，说："太子天资聪颖，就是太贪

玩了,劳烦诸位爱卿好好辅佐,朕死也瞑目了。"

第二天孝宗就驾崩了,太子朱厚照继位,历史上称为武宗皇帝。大学士刘健及李东阳、谢迁等人被加封为左柱国,神机营中军二司内官太监刘瑾(jǐn)掌管五千营。

武宗还是太子的时候就对刘瑾宠爱有加。刘瑾有七个密友,即马永成、谷大用、魏彬、张永、丘聚、高凤和罗祥,他们和刘瑾一起被称为"八党",后来又叫作"八虎"。这八人中刘瑾最为狡诈精明,被推为首领。

武宗称帝后仍经常与八虎一起设法取乐,根本没有把政事放在心上。兵部尚书刘大夏、吏部尚书马文升见武宗被八虎蒙蔽,荒废朝政,十分失望,最终辞官回乡。刘健、李东阳、谢迁又联名上奏,历数政令过失,并严厉指责那些宵小之辈。哪知道复旨下来,武宗只回复了"知道"二字。

不久后,武宗册立夏氏为皇后,大婚期间没人敢进谏。刘瑾与马永成等人又每天诱导武宗嬉戏玩乐。户部尚书韩文上奏弹劾内侍,朝中有一大半官员署名签字。

武宗看完韩文等人的奏书,不由得烦闷起来,退朝之后竟然呜呜痛哭。后来,武宗召司礼监王岳、李荣等人到内阁商议,武宗的意思是想将刘瑾等八人迁徙到南京,但刘健等人希望斩草除根,极力劝谏武宗除去刘瑾等人。

就在武宗犹豫之际,司礼监王岳与太监范亨、徐智等人商议决定第二天一早捉拿奸贼。吏部尚书焦芳与刘瑾关系不错,他得知这个消息后,急忙派人告知刘瑾。刘瑾听闻消息却从容不迫,其余七虎则吓得面如土色,痛哭流涕。

刘瑾连夜带着七虎去拜见武宗。他们一见到武宗便一边叩头一边大哭,武宗顿时心又软了下来。刘瑾见机诬陷王岳勾结内阁大臣

22. 八虎作乱

想牵制皇上,并挑拨内阁大臣与武宗的关系。

武宗本就是糊涂之人,他听信了刘瑾的话,即刻命刘瑾掌司礼监,将王岳、范亨、徐智等人全部捉拿下狱,严刑拷打。

第二天一早,诸位大臣入朝得知事情大变,惊慌不已,内阁大臣刘健、谢迁、李东阳纷纷上奏辞官。刘瑾假传圣旨准许刘健、谢迁辞官,唯独留下了李东阳。原来在内阁会议上,刘健和谢迁都主张诛杀八虎,只有李东阳默不作声。

刘瑾重新得势后,更加嚣张跋扈,他与焦芳串通一气,随意更改政令,堵塞言路,欺凌百姓。朝中那些弹劾刘瑾的大臣也受到迫害,有的被杀害,有的被贬官。

从此,宦官权势滔天,朝廷官员的进退升降全都由刘瑾主持,批答奏章则由焦芳做主。刘瑾大权在手,索性将那些老臣正士尽数指控为奸臣,还假传圣旨张榜宣示,并召集群臣来看。

群臣看见榜单听完诏书，个个疑惑不已，义愤填膺（yīng）。那些与刘瑾不和的官员，多半趁机辞官。有些人贪恋权势，不愿离开，不是被贬，就是被杖责，真是豺狼当道，善类一空。

正德三年（1508年）的一天，武宗收到一封匿名信，信中揭发了刘瑾的违法之事。武宗将信交给刘瑾，刘瑾看完诡辩了几句，武宗也就没有深究了。

但刘瑾气急败坏，下令朝中百官来奉天门集合，并让他们全都跪在门外。当时正值酷暑，烈日炎炎，众人一直跪着不敢离开。等到日落的时候，众人全都奄奄一息。接着刘瑾下令将他们驱入锦衣卫的大狱中，共计三百多人。不久，刘瑾得知匿名信是宦官写的，才将百官放出。

那时东厂以外已经重设西厂，刘瑾又设立内厂，自己管理。设立内厂以后，刘瑾更加为所欲为，朝廷官员的生杀予夺全由他一人说了算。刘瑾担心武宗会干涉他，于是建了一间密室，取名为豹房。刘瑾选来歌姬舞女到豹房中陪武宗日夜寻欢作乐，武宗由此更加宠信刘瑾。

安化王朱寘鐇（zhì fán）向来自命不凡，对皇位虎视眈眈，他暗地里拉拢指挥周昂，千户何锦、丁广等人作为爪牙，让他们招兵买马，伺机而动。

正德五年（1510年），刘瑾派大理寺少卿周东到宁夏屯田，并且加倍征收赋税。百姓交不起赋税就会遭到严刑拷打。当地的巡抚安惟学也是刘瑾的私党，他上任后作威作福，将士犯错，连他们的妻儿一起毒打，部下都对他恨之入骨。

宁夏卫孙景文与安化王朱寘鐇一直有往来，他劝朱寘鐇趁机揭竿起义。朱寘鐇听了孙景文的话大喜，立即派他拉拢那些被侮辱过的将士，并与周昂、何锦、丁广等人密谋即日起事。

22. 八虎作乱

朱寘鐇先设计杀害了巡抚总兵姜汉，镇守太监李增、邓广汉，接着便派人去巡抚衙门，诛杀了安惟学和周东。随后朱寘鐇便命孙景文起草檄文，声讨刘瑾等人。

刘瑾收到安化王朱寘鐇叛乱的消息，暂时没有上报朝廷，只是假传圣旨命游击将军仇钺及兴武营守备保勋发兵讨伐朱寘鐇。仇钺先是假装接受朱寘鐇的招降，暗地里与陕西总兵曹雄、兴武营守备保勋里应外合，一举平定了叛乱。

京城里一时还没有收到捷报，只听说仇钺助纣为虐的消息。刘瑾知道事情瞒不住了，就向武宗汇报了此事。

武宗闻讯急忙召集群臣商议对策，最后下令泾（jīng）阳伯神英任总兵官，太监张永监军，率京营兵前往讨伐逆贼。群臣又趁机请奏武宗起用前右都御史杨一清管理军务，武宗立即答应下来，并将军权托付给他。

不久，仇钺的捷报传回来，武宗将泾阳伯神英召回，只命张永及杨一清等人前往宁夏安抚。杨一清和张永来到宁夏以后派人将叛贼朱寘鐇等人押入京城。随后，朝廷下旨令张永回朝，封仇钺为咸宁伯，留杨一清总制三边军务。

# 23. 盗贼横行

杨一清与张永一同西行时,谈起刘瑾,张永愤愤不平。杨一清见张永对刘瑾心怀不满,趁机说服张永设法除掉刘瑾,两人当时一拍即合。

刘瑾这时正在宫中谋划叛乱之事,原来有术士推算刘瑾的侄孙福泽不浅,该是九五之尊,刘瑾信以为真,暗中联络党羽准备在中秋谋逆。但天下之事,若要人不知除非己莫为,刘瑾造反的事情早就传得沸沸扬扬了,只有那位荒诞淫乐的武宗被蒙在鼓里。

张永回到京城,立即入宫觐(jìn)见武宗,呈上安化王讨伐刘瑾的檄文,并论述刘瑾的十七件不法之事,还将刘瑾逆谋的日期一一奏报。

武宗此时喝得烂醉,只是含糊回答道:"今天什么都不管了,再喝几杯酒!"

张永见武宗如此回答,大声说道:"现在大祸临头了,陛下如果不采取行动,不但奴才粉身碎骨,陛下恐怕也不能继续享乐了!"

武宗听了张永的话,酒醒了一大半。这时,太监马永成也进来报告说:"万岁不好了!刘瑾要造反了!"

武宗这时才信了张永的话,随后就派张永去捉拿刘瑾。当天夜里,张永带着禁兵将刘瑾抓了起来。

23. 盗贼横行

第二天早朝，武宗将张永的奏折拿给内阁大臣看，内阁大臣一致建议武宗去查抄刘瑾的家。武宗不好拒绝，只好亲自前去查抄。

武宗带着文武百官来到刘瑾的家，命令锦衣卫里里外外全部搜查了一遍，竟然搜出价值千百万两的金银珠宝、上千副盔甲兵器，甚至龙袍蟒衣，还有一把暗藏兵器的扇子。武宗看着眼前的景象，不禁瞠目道："这个狗奴才，他真的要造反吗？"

随后，武宗下旨将刘瑾打入大牢，并捉拿刘瑾的同党。驸马都尉蔡震审问刘瑾，刘瑾无可辩驳，只好叩头认罪。第二天，武宗就下诏将刘瑾凌迟处死，逆贼的所有亲属一律处斩。

刘瑾服罪之后，张永等人相继受到封赏，从前弊端丛生的朝政基本沿袭原样，百姓的生活依旧十分困苦，时不时还有盗贼出没。

有个大盗贼叫张茂，他与太监张忠是结义兄弟。太监马永成、谷大用等人也收了张茂不少好处，几人来往十分密切。

张茂经常带着手下四处劫掠，后来被巡捕李主簿设计抓住。其手下杨虎、齐彦名、刘六、刘七等人听说张茂被擒，慌忙拜托张忠从中周旋。张忠与马永成商议，马永成开口索要两万两白银，才肯替张茂说情。

杨虎等人抢夺来的赃款基本上已经挥霍殆尽，哪里还有那么多钱？大家商议一番决定打劫官库里的金银。不料官府早有准备，杨虎等人没有成功。

武宗得知盗贼横行，命兵部侍郎陆完总管边境兵马，边将许泰、郤永、冯祯等人全都听他调遣。大同总兵张俊，以及游击江彬也受命出征。刘六知道朝廷有所防备，不敢侵犯，只好向西侵略保定去了。

盗贼杨虎渡河时被官兵袭击，当场溺死。刘三听说杨虎已死，就自称为奉天征讨大元帅，令赵鐩为副元帅，将手下十三万部众分为二十八个营。接着，刘三便约刘六、刘七等盗贼分别侵略山东、河南，刘六再次攻打霸州。

武宗命谷大用提督军务，伏羌伯毛锐担任总兵官，太监张忠为神枪营监军，一同率兵抵御刘六。谁知谷大用与毛锐全都被刘六打得落荒而逃。武宗得知战报，另派都御史彭泽、咸宁伯仇钺攻打盗匪。

彭泽和仇钺带领精兵强将，连战连胜，盗贼首领刘三、赵鐩等人全都败亡，河南一带的盗贼被肃清。

接着，彭泽、仇钺等人移师山东去帮助陆完。陆完正与刘六、刘七等盗贼交战，双方互有伤亡。这时，金事许逵引兵来助阵。许逵精通兵法，手下将士个个生龙活虎，战斗力十足，很快将刘六等人击退到枣林。

刘六等人还未站稳脚跟又被官兵追击。刘六溺死水中，刘七等

23. 盗贼横行

人逃到长江一带。后来，陆完与仇钺等人合力剿灭了贼匪余党，河北一带终于得以肃清。陆完、彭泽及仇钺等人因平定盗匪有功得到武宗的封赏。彭泽后来带领总兵时源西征，平定四川一带的贼寇，武宗又加封他为太子太保，授时源为左都督。不久，彭泽被调到甘肃负责军务，管理哈密地区。

彭泽因处理哈密军务不当被兵部尚书王琼指控欺君辱国，兵备副使陈九畴一气之下发起兵变，朝廷下令将他们一起逮捕，哈密卫目写亦虎仙也被押往京师。幸好朝中大臣代为求情，武宗才免去彭泽、陈九畴的死罪，只将他们贬为平民。

哈密卫目写亦虎仙也被赦免留居在京师，他因巴结锦衣卫钱宁，得以成为内侍。武宗见写亦虎仙聪明伶俐，对他非常宠信，还赐他国姓，将其收为义子。

武宗义子众多，只要是能讨他欢心的都被赐为朱姓，认作干儿子，算起来总共有两百多人。这两百多人里，第一受宠的要算钱宁，第二个便是江彬。

钱宁因受到武宗宠信，得以掌管锦衣卫，权力非常大。江彬本来是大同游击，平定贼匪后受到武宗的封赏。他听闻钱宁权势滔天，暗地里贿赂他，钱宁将他引荐给武宗。

江彬口齿伶俐，很快得到武宗的喜爱，武宗升任他为左都督，又认作干儿子。钱宁见江彬与他争宠，十分后悔，开始有意排挤江彬。江彬渐渐察觉钱宁的心思，为了扩大自己的势力，他想了一计：故意和武宗谈论军事，然后大力赞赏边境兵马实力强，建议武宗将边境兵马与京兵互调操练。

武宗听了江彬的话连声称好。大学士李东阳等人极力劝阻，武宗也不肯改变心意。接着，武宗下令调宣府、大同、辽东、延绥四镇的兵马入京。四镇兵号称"外四家军"，由江彬统辖。此后，江彬的权势更大了，就是十个钱宁也不能将他扳倒了。

李东阳、杨一清等朝廷重臣见武宗沉溺游乐，屡次劝阻无果，全都辞官还乡。朝中几位重臣相继告老还乡，江彬更加肆无忌惮，开始诱导武宗纵欲。

为了讨好武宗，江彬四处搜罗美人送入豹房供武宗淫乐。武宗得了马、杜两位美人还嫌不够，又召见江彬问道："你老家是宣府的，那里美人多吗？"

江彬回答说："宣府的美人可不少，皇上可亲自去看看。"

武宗听了江彬的话动了心，于是和江彬微服出巡，数日后他们出了居庸关，来到宣府。

24. 宁王之乱

武宗与江彬来到宣府便开始寻欢作乐，后来武宗邂逅（xiè hòu）了妙龄女子李凤，李凤长得十分美艳且举止大方，武宗对她非常宠爱。

转眼到了残冬，武宗在宣府已经待了好些时日。经过群臣和李凤的劝说，武宗这才决定回朝。不料在回程途中，李凤病死，武宗感叹道："好一个贤德女子，到死都不肯受封。一个女子都知道以社稷为重，朕怎么能违背她的遗言呢？"随后武宗下令速速入关。

武宗回朝后忙碌了三五天便又住进豹房，他猛然想起李凤，觉得豹房里的女子没一个能比得上她的，于是暗自叹息，闷闷不乐。

江彬看出武宗的心思，又教唆武宗微服出游。武宗连连点头，又依着老法子与江彬径直奔往宣府，把群臣的劝阻全然抛诸脑后。就这样武宗在外闲游了二三十天，直到传来太皇太后驾崩的消息才不得已返回京城。

太皇太后的丧事过后，武宗再次与江彬及几个太监来到宣府。武宗在宣府日日寻找佳丽，偏偏找不出第二个李凤。江彬见武宗愁容满面，又带着武宗来到绥德州。武宗听说总兵官戴钦家的女儿才貌双全，便擅自去拜访，并强行迎娶了戴钦的女儿。

几天之后，武宗又来到太原。太原有很多乐坊，许多有名的歌妓都聚集在此。武宗看中了一名刘氏歌女，将她带回京城并对她十分宠爱。

回到京城没多久，武宗又想南巡，还下令工部速速修船备用。诏书下达后，群臣纷纷上奏劝阻，武宗看了这些奏折非常烦躁，加上江彬、钱宁等人在一旁挑唆，武宗更加气愤，下令将百余名大臣抓捕入狱。

金吾卫指挥张英到朝中哭谏，武宗竟下诏杖责张英。张英气急了拔剑自杀，被人拦下后又受了杖刑，最终惨死狱中。其余官员也一律被杖责，有几个人还被活活打死。

正当武宗又准备南征时，忽然有警报传来，宁王朱宸（chén）濠起兵造反了。

宁王朱宸濠是太祖的儿子宁王朱权的第五世孙，他听信术士的话，觉得自己有天子之貌，于是暗地里招兵买马，时刻准备造反。

官言凳杖捶血罪

24. 宁王之乱

江西按察司副使胡世宁得知宁王府举动异常，就上奏揭发。哪知宁王巧舌如簧，不仅洗刷了自己的罪状，还诬陷胡世宁离间皇室亲情，出言诽谤他。

武宗听信宁王的话，将胡世宁关入大牢。胡世宁在狱中受尽折磨，差点丢了命，幸好大理寺少卿胡瓒、江西抚按孙燧、李润等人上奏为胡世宁辩白，武宗才免去胡世宁的死罪，将他贬到辽东。

没了后顾之忧的宁王又私设冶厂，督造枪、刀、盔甲，叮叮当当的声音彻夜不绝。孙燧得知了宁王的阴谋，立即上奏朝廷。奏折一连上达了七次，都被朱宸濠派人拦截下来，没有一封传达上去。孙燧想派兵攻打，但担心兵力不足，迟迟不敢发兵。

当时江彬与钱宁已生嫌隙，太监张忠向来依附江彬，所以在武宗面前说钱宁和宁王勾结，图谋不轨。武宗思索一番后派太监赖义、驸马都尉崔元、都御史颜颐寿等人前往宁王府督促撤销护卫。

朝廷的人奉命启程，宁王的探子火速赶回禀告京城里的动向。宁王召集部下秘密商议对策，最后决定先下手为强。

接着，宁王朱宸濠就以明武宗荒淫无道为借口，诛杀江西抚按孙燧、按察副使许逵，起兵造反。他革去正德年号，授任刘养正为右丞相，李士实为左丞相，以王纶为兵部尚书、总督军务大元帅。宁王的部下一路攻陷南康、九江等地，大江南北都为之震惊。

在战火纷飞之际，有一位能文能武的儒将屡建奇功，他就是此前因反对刘瑾被贬成守龙场驿的王守仁。王守仁在当地管理苗民有功，刘瑾死后不久就被召入京师，升为鸿胪（lú）寺卿。后来又被升为佥都御史，巡抚南赣、汀州、漳州。

王守仁去拜见朱宸濠，朱宸濠试探王守仁的口气，知道他不愿归附自己，于是暗中加害他。王守仁看穿朱宸濠的心思，处处防备，随机应变。朱宸濠领兵叛乱时，王守仁正领兵在外平乱。他得知消

息后，立即乔装打扮，混入临江。

来到临江后，王守仁又转赴吉安，与知府伍文定商量战守的事情。王守仁一边筹备军防，一边向各州府投递檄文，大意是说："朝廷已经知道了宁王逆谋之事，派出十六万大军在南昌集结。大军所过之处，沿途必须供应军粮，不得误事，否则后果自负。"

这道檄文一出，探子立即向宁王汇报。宁王信以为真，只是紧紧守住南昌，不敢出兵。李士实和刘养正二人天天怂恿宁王早日攻打南京，但宁王一直犹豫不决。

这时，王守仁又使了一出反间计，他给李士实和刘养正送去一封密信，故意让信落在宁王探子的手上。宁王看完信，还以为李、刘二人与王守仁秘密勾结，所以不再相信他们。

就这样，宁王在南昌坚守了十多天也不见朝廷的大军到来，这才知道中了王守仁的诡计，悔恨不已。随后，宁王便留下少许兵马防守南昌，自己带着六万大军沿江而下。

宁王带领大军来到安庆，他命人向城中投书，想招守吏投降，没想到城中守将不仅不肯投降，还主动发起攻击。宁王大怒，立即指挥军队攻城。但连攻数次也没有占到便宜，宁王不禁哀叹道："小小的一座安庆城都攻不下，还想什么金陵呢？"

就在宁王攻打安庆的时候，王守仁已经集结了八万兵马，准备偷袭宁王的老巢南昌。由于南昌城守备空虚，王守仁很快便攻克南昌。

王守仁在吉安时就已经向朝廷上报宁王造反的消息，武宗立即召集群臣前来商议。江彬在一旁怂恿武宗亲征，武宗早就想南巡，正好借此机会出游，于是立即下诏亲征。

宁王收到南昌城破的消息，立即回兵解救。王守仁也调整战略部署，分兵围攻宁王的军队。两军在黄家渡交战，宁王大败而逃，

24. 宁王之乱

损失惨重。

休整一段时间后,宁王鼓舞士兵,重新出击。当再一次与伍文定的军队交战后,仍然战败退回。宁王下令将船只连起来防守,并将全部金银拿出来犒赏士兵。

这时,王守仁派人给伍文定送去书信,让他采取火攻,伍文定也正有此意。随后伍文定便派人用小船载着柴火,点燃后乘风冲进敌阵。宁王始料不及,只能眼睁睁地看着己方的船只被燃烧殆尽。不久,宁王和同党全部被擒,随行的妃嫔们见宁王战败全都投水自尽了,叛兵有的被烧死,有的溺死。

武宗这时已经起驾南征,王守仁得知后急忙上奏劝阻。不料武宗看了王守仁的奏折,毫不理睬,只是下令他将逆贼好生看管。太监张忠等人甚至怂恿武宗下令将宁王释放,再亲自擒获,以满足武宗的虚荣心。

　　王守仁不为所动,将宁王交给了值得信赖的太监张永,然后趁夜回到江西。张忠、许泰、江彬等人还在武宗面前诋毁王守仁,幸好张永向武宗言明王守仁的一片忠心,武宗这才下令召回王守仁,任命他为江西巡抚。

　　随后,武宗在南京接受俘虏。事情结束后,武宗完全没有回朝的意思,而是带着爱妃和几个小太监成天出去寻欢作乐。

　　时光飞逝,武宗已经在南京游玩了半年,仍没有回京的打算。江彬仗着有武宗宠信,在当地作威作福,奴役官民。

 ## 25. 武宗驾崩

群臣见武宗在外玩乐,再三上奏请武宗回朝,武宗还想拖延,恰好传来宁王朱宸濠在狱中谋变的消息,武宗这才不情不愿地打道回府。

回朝时武宗来到清江浦太监张阳家中。张阳的家乡有不少溪水河流,激起了武宗撒网捕鱼的兴致,他当即下令张阳准备好渔网,第二天去捕鱼。

第二天一早,武宗就下令侍从各自驾着小船四处撒网捕鱼。武宗在一旁瞧了一会后,兴致大发,也想改乘渔船亲自捕鱼。武宗跳上小船,另有四名太监跟随在旁,其中两个太监划桨,两个太监撒网。这时,水中出现一尾白鱼,银鳞闪闪,武宗当即指挥太监将它捕起。

两个太监领命张网,偏偏这鱼儿刁钻得很,始终不肯入网。渔网撒到东,它就游到西;渔网撒到西,它就游到东,网来网去,总是没法网到它。武宗在旁边看得很着急,竟然从船里取出鱼叉,亲自试投,不料用力过猛,船身一歪,只听见扑通几声,武宗和太监们一同跌落到水中去了。

幸亏划船的两名太监懂得水性,急忙游到武宗身边将他托出水面救起。只是武宗不懂水性,而且日日纵欲,这次落水之后元

气大伤，龙体从此衰弱下去。

经此一事，武宗觉得非常疲倦，于是下令速归。轻舟荡漾，日行百里，没几天就到了通州。武宗召集群臣商议如何处置宁王，最后听从江彬的话命令宁王自尽。

三天后，武宗回到北京，处置了宁王的一众同党，尚书陆完、都督钱宁都因宁王的案件受到严惩。

转眼间到了岁末，武宗因身体不适，免去了朝贺礼。而且一连几个月，他的身体都非常虚弱，只能静心休养。

江彬等人见武宗卧病在床，越来越骄横，竟然假传圣旨改西官厅为威武团营，自称兵马提督。不仅如此，他的手下也狐假虎威，暗地里做一些违法之事。

武宗的病情越来越严重，一天，他从昏昏沉沉中醒来，睁眼一看，见太监陈敬、苏进两人在一旁侍奉，于是对他们说道："朕

25. 武宗驾崩

的病已经无药可救了，你们将朕的意思传达给太后，以后的国事就请太后和内阁大臣们妥善商议解决。"

武宗说完这几句话，已经是上气不接下气。陈敬、苏进齐声遵旨，等武宗睡去后才去通报张太后。张太后赶到豹房时，武宗已经不能说话了，只是眼睁睁地看着太后，流了几滴眼泪。张太后含泪慰问，谁知武宗两眼一翻，双脚挺直，就此与世长辞了，年仅三十一岁。

太后召见杨廷和，与他商议立储之事。杨廷和建议暂时封锁武宗驾崩的消息，待他与内阁大臣商定皇位继承人后再公布。太后同意了。杨廷和便赶赴内阁，对众人说道："祖训说过，兄长去世可由弟弟继位，兴献王的长子朱厚熜（cōng）是宪宗的孙子，孝宗的侄子，皇帝的侄弟，按照次序应该由他继立。"梁储、蒋冕、毛纪等人听后齐声赞同，张永、谷大用也没有异议。

杨廷和派人去禀告太后。不久便传下武宗的遗诏以及太后的懿（yì）旨，说是将皇位传给兴献王的长子朱厚熜。

当时新主还没入京，朝政全靠杨廷和一人主持，他请奏张太后改革弊政。太后一一照办，托言武宗遗旨，罢去威武团练各营，遣散豹房里的僧人、美人以及教坊司乐人，将宣府行宫里的金银珠宝一律收入国库，还有京城内外皇店一并撤销。

皇店是之前武宗在位时命太监开的店，太监们常常从店里收受贿赂，现在下令取消，官民都很高兴。唯独贼臣江彬得知消息，十分不悦。而且他突然接到罢免团营、遣归边卒的遗诏，更是怒上心头，咬牙切齿道："皇上已经归天了吗？这帮混账大臣，瞒我瞒得好紧啊！"

杨廷和知道江彬心怀不轨，留着他迟早是个祸患，于是找来司礼监魏彬、太监张永、温祥商议除掉江彬。第二天，魏彬将密计禀告太后，太后也同意了。

过了一天，江彬带着卫士准备到大内哭灵。司礼监魏彬已经事先等候在那里，见到江彬便对他说道："坤宁宫正准备在屋顶上安置兽吻，昨天奉太后旨意准备派人去祭祀，我看你也来得太凑巧了吧！"

江彬听了这话很高兴，说道："太后的委托，怎么敢不遵行？"随后，江彬就领命入宫祭祀去了。祭祀完毕，出来刚好遇见张永，张永一定要请江彬赴宴。江彬不便推辞就跟着张永喝酒去了。

两人才喝了几杯，忽然接到太后的懿旨，即刻逮捕江彬下狱。江彬吓得惊慌失措，扔下酒杯往外逃走。当他逃到北安门，准备穿城出去时，守城士兵拦住了他。

江彬大声呵斥道："你们奉谁的旨意，不让我出去！"

守城士兵不与江彬多言，直接将他按倒在地，紧紧捆住。江

因祭吻江彬遭执

25. 武宗驾崩

彬不能动弹，开始破口大骂。士兵任他谩骂，只是拔他的胡须出气。江彬骂一声，胡须就被拔掉一两根；江彬骂两声，胡须就被拔掉三五根。等到江彬骂完，他的胡须也所剩无几了。

江彬下狱后，许泰也被抓捕入狱。还有太监张忠及都督李琮等人也一起住进了大牢。锦衣卫查抄江彬家时搜出黄金七十柜，白银两千两百柜，珍宝珠玉不计其数，还有被他私藏在家中的几百本奏折。

不久，兴献王世子朱厚熜入京登基，刑部上奏将江彬处以极刑，新皇当即批准，下令将江彬凌迟处死。李琮、钱宁、写亦虎仙等人也被处死，张忠、许泰免去一死被发配边疆。

朱厚熜来到京城后，先派百官告祭宗庙社稷，接着去朝见皇太后。午时将近时，新皇即位，以下一年为嘉靖元年，大赦天下，历史上称朱厚熜为世宗皇帝。

26. 君臣之争

世宗继位没多久,就下诏群臣议定武宗的谥号与生父的主祀(sì)及封号。礼部尚书毛澄在内阁大臣杨廷和的授意下递上奏折,大意是说根据历史典故,世宗应该把孝宗看成自己的亲生父亲,称兴献王和兴献王妃为皇叔父和皇叔母。

世宗看完奏折,勃然大怒:"父母的称呼,还能这样改变吗?"尽管世宗是一肚子火,但他既没有驳回奏折,也没有批准,只是下令再议。

杨廷和、毛澄等六七十名官员再次上奏劝谏世宗改换父母的称呼,世宗仍不同意,双方就此僵持。

这时候,进士张璁(cōng)为了迎合圣意,写了一篇奏章支持世宗。这篇奏章引经据典反驳了群臣的观点,并为世宗追封自己的父母找了许多理论依据。

世宗看到奏折,不禁欣喜道:"这封奏书一出,我父子的恩义得以两全了。"随后,世宗就下令司礼监将张璁的奏书示谕内阁大臣。杨廷和瞧了瞧张璁的奏书,不屑地说:"新进书生,哪识什么大体!"

世宗也不在意大臣们的态度,又召集官员,下令尊封其父亲为兴献皇帝,母亲为兴献皇后。然而,以杨廷和为首的朝廷旧部官员

26. 君臣之争

仍不服从世宗的命令,他们纷纷上奏弹劾张璁。

这时,世宗的生母蒋氏来到通州,她听闻朝廷大臣要世宗尊孝宗为父亲,不禁愤然说道:"我的亲生儿子,为何称呼别人为父母?"说完竟呜呜咽咽哭了起来。

世宗得知母亲如此伤心也不由得痛哭起来,随后他就禀告张太后说自己情愿退位回藩地,侍奉母亲终老。张太后听了这话,急忙安慰世宗留下并召集内阁大臣商议,杨廷和无可奈何,同意尊兴献王为"兴献帝"。

嘉靖二年(1523年)夏季,西北大旱。秋天的时候南方又发了大水,世宗对此忧心忡忡。太监崔文上奏称修道可以避祸,世宗听信他的话召见方士入宫,并在宫中设立祭坛。宫中插上香花灯烛,处处锣鼓喧天。

世宗还挑选了二十多名年轻的太监,让他们改穿道服,学习诵经忏悔。乾清宫、坤宁宫、西天厂、西番厂、汉经厂、五花宫、西暖阁等地也都建起祭坛,偌大的紫禁城几乎成了修炼的道院。

大学士杨廷和代表内阁大臣,吏部尚书乔宇代表各部大臣,一起请奏世宗远离僧道,停止斋祭。给事中刘最又弹劾(hé)崔文引进旁门左道,浪费国家钱财等罪状,要求对他重罚。世宗不但不听,反而将刘最贬为广德州判官,作为惩一儆(jǐng)百的典型。杨廷和、乔宇等人见状只好睁一只眼闭一只眼,任由世宗祭祀。

刘最被贬出京城,崔文还不肯罢休,竟唆使私党芮景贤诬陷刘最,给他安了几条莫须有的罪名。世宗大怒,立即派人将刘最逮回京师,拘押在狱中,不久将刘最革职发配边疆。

给事中郑一鹏目睹时弊,一心想着救国,于是上奏力谏,请世宗停止斋祭,放归方士。世宗看完他的奏折,触动很深,于是答应暂时停止斋祭。

没多久,世宗又颁出内旨,命太监到苏杭地区督办织造。杨廷和认为监织一职已经取消,现在再次实行并不妥当,当即封还圣旨,直言谏阻。世宗为此很不高兴。

自从世宗入都即位,杨廷和认为世宗英明果断,虽然年轻气盛,但还算有所作为,所以军国大事都竭力进言,不惜与世宗争辩。杨廷和先后四次把世宗的亲笔批示密封退回,世宗虽然对他很宽容,但心中早已不满。再加上内侍从中挑拨,说杨廷和跋扈专权,不守人臣之礼,迟早成为国家大患。

这次谏阻太监监督织造的事情发生后,世宗大怒,杨廷和自知处境不妙,多次上奏辞官。正在君臣相持的时候,南京刑部主事桂萼突然上奏朝廷,请世宗改称孝宗为皇伯父,改称兴献帝为皇父,称兴国太后为圣母。

世宗看了桂萼的奏折,欣喜异常,赞叹道:"这封奏折关系巨大,

26. 君臣之争

天理纲常要仗着它来维持了。"

接着,世宗便召集群臣商议此事。礼部尚书汪俊带着文武大臣两百多人,一同反对桂萼的提议,世宗不肯听从。给事中张翀等三十二人,御史郑本公等三十一人再次上奏辩论,请求世宗听取多数人的意见。

世宗呵斥他们合起伙来乱政,下诏扣除所有人半年的俸禄。汪俊见世宗心意难改,于是又请奏在兴献帝、兴献后之上各加一个皇字。世宗还是不满意,于是召桂萼、张璁到京城来商议这件事。杨廷和见朝政紊乱,决心离去,世宗批准他辞官。

不久,张璁和桂萼依次上奏,为兴献帝后的称号辩驳,世宗非常高兴,对他们进行了嘉奖。接着,世宗又召来大学士蒋冕、毛纪、费宏等人,准备在奉先殿的一旁建宫殿,供奉兴献帝的灵位。

嘉靖三年(1524年)三月,明世宗无奈之下,勉强同意称父亲为"本生皇考恭穆献皇帝",母亲为"本生母章圣皇太后"。

桂萼和张璁得知消息,联名上奏说:"如果不把'本生'这两个字去掉,那么虽然称为皇考,仍然与皇叔无异,礼官这是欺君罔(wǎng)上啊!"世宗看了他们的奏折也觉得有理。

一段时间后,世宗将百官召集在左顺门前颁布圣旨,更定章圣皇太后的尊号,除去"本生"二字,正名为圣母,并限四天之内敬上册宝。

百官听完圣旨,全都表示反对,各个部门纷纷上奏,据理力争,可是奏折递上去十三次都没有收到回复。无奈之下,百官只好跪在左顺门前请愿,表示不撤销圣旨,他们就不起来。

世宗安排太监赶了几次,群臣始终不肯离去,世宗终于忍无可忍,下令锦衣卫逮捕了八个领头的人。本以为这样就能唬住其他人,没想到剩下的人士气更高涨了,杨慎、王元正开始捶门大哭,其他

人也跟着一起哭起来，皇宫里顿时哀号声一片。

世宗见状，怒气冲天，索性一不做二不休，拘押了一百三十四名官员。几天之后，世宗下令将领头的八个人发配边疆，其余四品以上的官员取消所有俸禄，五品以下的官员杖责处置。

面对这样严酷的惩治群臣妥协了，世宗得偿所愿确定大礼，称孝宗为皇伯考，昭圣皇太后为皇伯母，献皇帝为皇考，章圣皇太后为圣母。

张璁和桂萼也受到封赏，张璁被封为吏部尚书兼文渊阁大学士，桂萼被封为礼部尚书兼武英殿大学士，两人私自庆贺，高兴极了。

27. 内外纷争

朝廷内的纷争告一段落后又传来田州指挥岑（cén）猛作乱的消息，朝廷免不得劳动王师，平定乱事。

明朝初年，元安府总管岑伯颜归附朝廷，太祖特设田州府，令岑伯颜任知府。四世之后传到岑猛这里，他与思恩知府岑浚（xùn）互争高下，双方往来攻击，岑浚攻陷了田州，岑猛逃走。都御史总督广西军务潘蕃发兵诛杀岑浚，降岑猛为千户侯，将其贬到福建。

正德初年岑猛贿赂刘瑾，刘瑾重新升岑猛为田州府同知，兼领府事，后来岑猛因平定江西流寇有功，被升为指挥同知。岑猛虽然被接连升官，但依旧野心勃勃，竟然招揽部众开始侵犯邻境，成为边患。

朝廷命都御史姚镆（mò）、都指挥使沈希仪、张经、李璋、张佑、程鉴等人率兵八万，分五路进兵攻打岑猛。岑猛听闻大军来攻，十分惶恐，急忙逃到顺州，投奔顺州知州岑璋。岑璋虽然是岑猛的老丈人，但因为岑猛对自己的女儿不好，所以很不待见岑猛。

都御史姚镆叫来沈希仪商量对策，沈希仪派千户赵臣前去说服岑璋除掉岑猛。岑璋本就想杀死岑猛，他得知赵臣的来意，立即答应下来。

就这样，岑璋与姚镆里应外合，成功除掉岑猛。岑猛的党羽也

大都被擒住，只有卢苏、王受逃走了。一年之后，卢苏、王受又聚众作乱，攻陷了田州城。

都御史姚镆控制不了局势，被御史石金弹劾剿匪无功，欺君罔上。世宗听后大怒，立即革去姚镆的职务，升任王守仁为兵部尚书，总督两广军务，让他同御史石金一起去广西征讨卢苏和王受。

王守仁到任之后见叛贼势力猖獗（jué），于是与石金商议，改剿为抚。经过王守仁的诚心招抚，卢苏和王受最终自缚待罪，田州地区从此安定下来。

回程途中，王守仁又接连击败断藤峡的叛军，尚书桂萼让王守仁乘机攻打交趾，王守仁不肯答应。桂萼就上奏弹劾王守仁，于是世宗没有封赏王守仁。

后来王守仁病重，向朝廷上奏请求辞官，并推荐郧阳巡抚林富代替自己。朝廷的批复还没下来，王守仁就因病情加重，来不及待命，离任回乡去了。走到南安的时候，王守仁因病情恶化，与世长辞。

桂萼又上奏说王守仁擅离职守，请世宗不要予以恩典，并停止世袭。世宗竟然都听从了。

世宗重任张璁、桂萼之后，原有的内阁大臣先后辞官离朝。御史吉棠请世宗召回杨一清，消除朋党，世宗采纳了他的建议。渐渐地，杨一清与张璁、桂萼产生嫌隙，互相看不顺眼。

给事中王准、陆粲上奏弹劾张璁、桂萼结党营私，如果不及时打压，恐怕将来会成为社稷之患。世宗听从他们的意见，将张璁、桂萼免职。可没过多久，世宗又念起张璁之前的功劳，将他召回，还将王准、陆粲二人贬职。

后来，詹事霍韬再次弹劾杨一清，世宗令法司会同廷臣议定杨一清的功罪，张璁还假装乞求世宗宽恕杨一清。此时的杨一清颜面

27. 内外纷争

无存,一气之下请求辞官。世宗批准了,杨一清当天就离开都城。

正巧这时太监张永病死,张永的弟弟请求杨一清为张永写墓志铭。杨一清与张永是旧交,所以立即答应下来,撰写完以后免不得接受了一些馈礼。偏偏这件事被张璁知道了,他借此机会吩咐言官诬陷杨一清收受贿赂。

杨一清回到家,得知这个消息,不禁愤恨道:"我老了,还被这些小人欺凌,真是气死人了。"数月之后,杨一清背上生出一个毒疮,流血身亡。

这时,张璁已经被重新任用,桂萼也被召回。桂萼再次入阁后的几年里没什么功绩,后来因病辞官,不久就病死了。桂萼死后张璁还深受世宗恩宠。

张璁为了奉承世宗,提及自己名字与世宗名字同音,奏请改名。世宗写了"孚(fú)敬"二字赐给张璁。

朝中大臣见张孚敬得宠都跑来讨好他,只有夏言敢与他持不同意见。世宗非常相信夏言,不少大事都交给他处理。张孚敬见自己渐渐失宠,多次陷害夏言。谁知世宗反而偏袒夏言,斥责张孚敬,张孚敬没有办法,选择辞官离开。

后来,世宗升夏言为礼部尚书,内阁大臣翟銮、李时遇到重大政事都要与他商量。夏言的权力显然已经在内阁大臣之上了。

世宗在位十年,一直没有皇子,便准备再次在宫中设坛作法。仪式准备好以后,文武大臣依次进香,世宗也亲自到坛前虔诚行礼。

主持仪式的大法师名叫邵(shào)元节,是贵溪人,据说小时候得到异人真传,能够呼风唤雨,驱鬼通神。世宗听闻邵元节的大名,将他召入京城封为真人。不久,世宗命邵元节求雪,邵元节施法一番,果然一会彤(tóng)云密布,瑞雪纷飞。

世宗因此对邵元节更加佩服,当下就给他加号致一真人,赐予

玉金银象各一枚，并在成都为其建造真人府。这座真人府耗资数万，历时两年才建成。此外，世宗还赠予邵元节良田三十顷，供真人府日常饮食，又派去四十名杂役供邵元节差遣，真是礼敬有加，尊荣备至。

到了设坛作法的时候，邵真人就出来主持坛事，早上诵经，晚上持咒，差不多有一两年了。偏偏祈祷了这么久，后宫妃子还是无一人诞下皇子。

邵元节也因自己的祈祷无效，请求回山，临走时对世宗说只要他心诚，不出两年，一定会得皇子。说来也奇怪，邵元节离开京城几十天之后，后宫的阎贵妃居然有了身孕。

为了祈祷贵妃平安生产，世宗又召邵元节入宫。邵元节奉命进京，世宗在偏殿召见他，对他慰劳有加，还赐给他彩蟒衣一件以及阐（chǎn）教辅国王印一枚。

27. 内外纷争

　　第二天，世宗命邵元节设坛祈祷。这次世宗格外虔诚，他先沐浴斋戒，然后才到坛前祈祷。只见香烟凝结，雾霭氤氲，大家都说庆云环绕，是祥瑞的征兆。

　　三天过后，阎贵妃诞下龙子，群臣依次入朝祝贺。世宗对大家说："这都是致一真人的大功啊！"于是加封邵元节为礼部尚书，赐给一品俸禄，还赏赐给他许多财物。

28. 世宗崇道

没承想,皇子朱载基出生两个月,忽然患了绝症,没多久便夭折了,世宗为此悲痛欲绝。幸好王贵妃再次怀孕,足月临盆,生下一位皇子,取名朱载壡(hè)。接着杜康妃、卢靖妃各生下一个皇子,杜康妃的儿子叫朱载垕,卢靖妃的儿子叫朱载圳。

世宗连得三子,悲痛缓解了不少,为早夭的儿子朱载基赐谥号哀冲,称为哀冲太子。

后来世宗又得了四子,但不幸的是这四个儿子全部夭折了。世宗的八个儿子全是妃嫔所生,正宫皇后没有生下一个皇子。

世宗以正宫没有生下皇子,理应立长,在嘉靖十八年(1539年),立皇子朱载壡为太子,封朱载垕(hòu)为裕王,朱载圳为景王。

话说世宗非常信任邵元节,所以屡次命他设立祭坛祈祷,四方的道人也都聚集在朝中。

有位叫张天师的道士入朝觐见世宗,世宗与他谈论道法,他以"清心寡欲"四字相对,世宗对他的回答颇为满意,于是加封他为正一嗣教真人,赐给他很多财物,让他留在京城与邵元节分坛主事。

张天师设坛祷告时,天空出现了祥瑞之象,世宗在一旁看着觉得非常奇异。等到回朝之后,百官齐声称贺,山呼万岁,世宗更加高兴了,赏赐给张天师无数金银财宝。张天师随即请奏回到山中,

28. 世宗崇道

世宗挽留不住，于是派使者送他回去。张天师回去没多久便病死了，世宗将他厚葬。

不久，世宗去祭拜兴献皇帝，邵元节因患病留在京中。后来，邵元节病情加重，奄奄一息，他对门徒邵启为说道："我快死了，见不到皇上了。你转告皇上，我死后陶典真可以继承我的位置。"邵启为谨遵师命，将师父的遗言转告给世宗，世宗听后大哭一场，随后便向礼部颁布手谕，邵元节的葬礼按照伯爵的礼制来操办，并召陶典真来京供职。

陶典真是黄冈人，很喜欢神仙方术，曾经在罗田万玉山中练习符箓，颇有心得。邵元节还没有显贵时，陶典真与他私交甚密。后来，邵元节得宠，念及两人的情谊，替陶典真疏通，陶典真被升为辽东库大使。

陶典真升官后来拜见邵元节，免不得恭维他几句。邵元节感叹道："你初次到京，哪里知道我的苦处？我年纪大了，精力欠佳，屡次上表圣上请求告老还乡，偏偏皇上不肯批准，硬要留我在京都，我实在是力不能及了。现在你来得正好，可以替我分担分担！"

陶典真一口答应下来，代替邵元节设坛主持，世宗因此开始器重陶典真。

一天春光明媚，世宗外出游玩，突然间一阵大风从西北方向吹来，顿时沙飞石走，马鸣声嘶，护驾的官员都吓得面如土色。世宗觉得蹊跷，急忙召见陶典真，问他这旋风是何征兆？

陶典真跪奏道："陛下，今夜应防止发生火灾。"

世宗惊讶地回答道："这可如何是好呢？"

陶典真回答道："圣上有救星相助，不必担心。"世宗点头。

这天黄昏的时候，世宗便令随从熄灯早睡，又令值夜班的吏役分头巡逻，不得怠慢。一切交代完之后，世宗才就寝安眠。谁知睡

到半夜，行宫后面突然失火，熊熊火焰顷刻间烧红了天。

宫中的侍卫随从突遇大火，全都惊慌失措，四处逃窜。世宗本来就有戒心，听见屋外的叫喊声后慌忙起床，他开门一看，眼前已经是红光一片，顿时吓得呆在原地。几个太监想护着世宗逃出去，谁知外面已经连成火圈，无路可走了。

世宗因之前听了陶典真的话，自忖（cǔn）能逃过一劫，于是对内侍说："大家不要惊慌！朕自有救星。"话音刚落，便冲进来一个人，连君臣之礼都来不及行，急忙将世宗背在身上，冲出火场，逃到安全的地方后才将世宗放下来。

世宗一看，救自己的人是锦衣卫指挥使陆炳。世宗对他说道："要不是你救了朕，朕可能要葬身火海了。陶卿曾说朕有救星，不料这救星就是你啊！"

正说着，陶典真跟跟跄跄地跑过来，他的眉毛和胡子都被烧焦了。世宗问他："为何你也遭此灾难？"

陶典真回答道："臣刚刚默默祈祷，以身相代，把陛下的小灾都移到自己身上了。只要陛下安康，臣又怎么会在乎这些须眉呢。"

世宗听了陶典真的话非常高兴。回宫之后，世宗就任陶典真为神霄保国宣教高士，特准他携带家属，随官就任。

这时候章圣太后已经驾崩，世宗有意将章圣太后葬在显陵，送葬南下。世宗南巡时，曾命太子监国，回到都城后，陶典真又向世宗进献清净养心的道诀，世宗十分信从。

一天早朝时，世宗对群臣说道："朕想让太子监国一两年，朕要在宫中静养，等身体健康了再来亲政。"

群臣听了世宗的话，面面相觑。太仆卿杨最心里十分反对世宗的做法，但见群臣没有说话，只好暂时隐忍。等到退朝后，杨最便递上奏折抗议。

不料这封奏折触怒世宗，他下诏将杨最逮捕入狱，交给镇抚司拷问。杨最禁不住严刑拷打，最终惨死狱中。

随后，世宗晋升陶典真为忠孝秉一真人，管理道教事宜，不久又加封他为少保礼部尚书，晋升少傅，享受一品官的俸禄。

不久，世宗又令太子监国，自己不理朝政，整日斋祭。给事中顾存仁、高金、王纳言都因直言劝谏获罪。

监察御史杨爵忍耐不住，竟然上奏直陈世宗的五大弊政。偏偏这五大弊政还被世宗视为美政，世宗看着奏折，怒发冲冠，当场下令逮捕杨爵。经过一番酷刑折磨，杨爵已是血肉模糊，昏死过去。

主事周天佐和御史浦鋐（hóng）上奏替杨爵求情，世宗不为所动将他们也抓捕入狱。这二人禁不住严刑拷打，先后被打死。朝廷百官见状，没一个敢出声了。

29. 严嵩上位

大学士张孚敬死后，礼部尚书、监醮使夏言升任武英殿大学士，导引官顾鼎臣升任文渊阁大学士。这两人最受世宗宠信，祭坛时的荐告文，大都出自他们之手，此外他们还写了不少歌功颂德的诗篇，世宗对他们大加赞赏。

朝廷上下的官员纷纷效仿，一再称祥瑞、颂太平。风气一开，阿谀奉承的人接踵而来，此时有一位大奸臣乘机得志，身居显位，持政二十多年，把明朝的元气剥削殆尽，几乎到了灭国的地步，这位奸臣是谁？他就是严嵩。

弘治年间，严嵩高中进士，但之后就沉浮官场，仕途也没什么起色。后来严嵩曲意逢迎，四处拉拢关系，终于攀附上尚书夏言。夏言入阁之后便将严嵩调入京师任礼部尚书，严嵩一切礼仪无不奉承圣意，因此深合帝心。

后来，严嵩向世宗献上《庆云赋》《大礼告成颂》两篇文章，世宗对严嵩的文笔拍手称赞，从此所有青词类文章都让严嵩主笔。夏言和顾鼎臣也渐渐失宠。

顾鼎臣在嘉靖十九年（1540年）得病去世，世宗追封他为太保，也算生荣死哀了。唯独夏言自视功高，瞧不起严嵩，一直把严嵩当门客一般对待。

29. 严嵩上位

严嵩与夏言是同乡，早期夏言得志，严嵩不得不对他曲意逢迎。现在严嵩差不多与夏言平起平坐了，见夏言对待自己还是一如既往的骄横跋扈，暗暗怀恨在心，但表面上对夏言毕恭毕敬。

夏言见严嵩对自己如此老实谦逊，对他毫无戒心。可俗话说得好："明枪易躲，暗箭难防。"严嵩这样阴柔狡诈的人物是非常记仇的，他经常想着报复夏言。凑巧翊国公郭勋与夏言有嫌隙，严嵩于是与郭勋联合起来。

此后，严嵩与郭勋常常挑拨夏言与世宗的关系，并一再在世宗面前诋毁夏言。世宗终于恼羞成怒，责怪夏言傲慢不恭，将赐给他的银章收回，又削去他的爵位，勒令罢官。

几天后，世宗的气消了，准许夏言复职办公。夏言知道自己被人构陷，于是干脆请辞回乡，世宗不肯答应。

后来，夏言因为替病逝的张太后说话又惹恼了世宗，世宗严厉斥责了他，还让他辞官回乡。可没过多久，世宗又可怜他，让他回家治病，等待安排。

当时言官开始轮流弹劾郭勋，揭发了郭勋数十件不法之事。世宗有意宽恕他，下令复查，不料复查一次，加罪一次；复查两次，加罪两次。就这样一个作威作福的翊（yì）国公被除掉了，满朝文武拍手称快。只是严嵩失去一个帮手，有些闷闷不乐。

嘉靖二十一年（1542年）十月，宫中竟然发生一桩逆天的大案，罪魁祸首就是曹妃的婢女杨金英。

曹妃是世宗非常宠爱的一名妃子，被封为端妃。端妃的婢女杨金英因侍奉不周，屡次受到世宗的责罚，差点丢了性命，杨金英因此对世宗充满怨恨。一次杨金英趁世宗在端妃宫中熟睡时，用绳子套住世宗的颈部想将其勒死，但因匆匆忙忙怕被人撞见没有收紧，未能得逞。后来方皇后赶到，救了世宗一命。

经过方皇后一番审讯,杨金英供出幕后主谋王宁嫔,无辜的端妃也被诬陷为同谋。于是,杨金英、王宁嫔和端妃都被拖出去凌迟处死了。

世宗痊愈之后问遍宫里的人得知端妃是被冤枉的,哀痛不已,从此和皇后产生了隔阂。

话说世宗遭此巨变,心情十分沉重,做什么都提不起精神来。一天,他昭告群臣说:"朕从今天开始潜心斋祭,所有的国家政事都交给大学士严嵩处理,大学士应该能够体会朕的心思,率领百官秉公办事。"

严嵩接到诏书,欢喜得不得了,他遇事独断专行,还趁机除掉了不少政敌,世宗对此全然不知。

世宗自宫变之后就移居到了西宫,整天想着长生不老,对政事不闻不问,文武百官很难见他一面。只有秉一真人陶典真出入自由,与世宗常常见面。严嵩曾经贿赂陶典真,让他代为陈请,结果朝中不少忠诚正直的大臣就此遭到谗言污蔑,或下狱,或被贬官。

不久,内旨传出,召夏言入阁,官复原职。夏言一入内阁,立即变得盛气凌人,一切奏章批复都得按他的意思来,从不与严嵩商议。严嵩的私党遭到驱逐,严嵩出言袒护,反被夏言当面指责。严嵩由此对夏言恨之入骨。

后来,严嵩的儿子严世蕃收受贿赂、剥削官民一事被夏言得知,夏言准备上奏弹劾。严世蕃知道后急得涕泪横流,慌忙向父亲寻求帮助。

严嵩没办法,只能亲自带着儿子去拜见夏言。严氏父子见到夏言,跪在他的面前一个劲地求情,泪珠像雨点一般落下来。

夏言见严嵩父子这般举动,只好表示自己没有要弹劾严世蕃的意思。严嵩见状连连称谢,彼此又闲谈了几句,严嵩父子就起身告

29. 严嵩上位

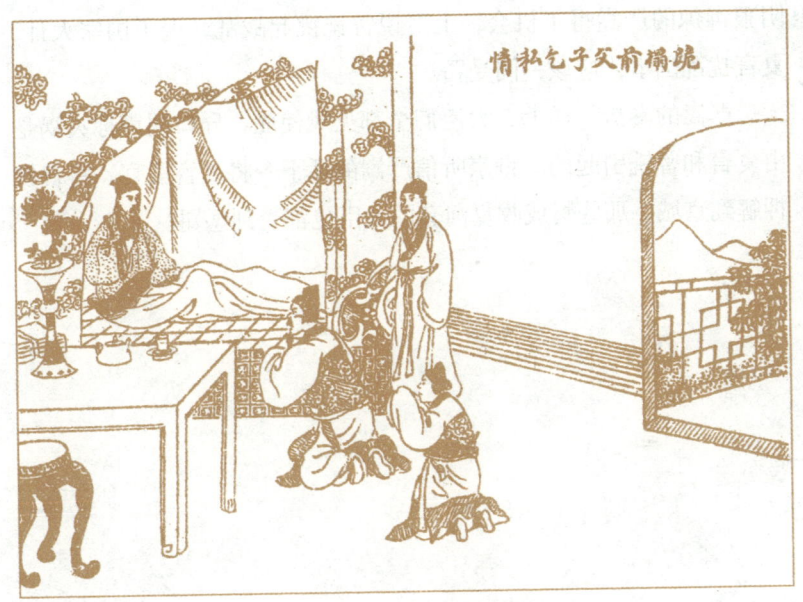

别了。

严嵩回到家里，觉得自己受到了莫大的侮辱，对夏言更加怀恨在心。他经常与同党商议，设计除掉夏言。而夏言丝毫没有察觉到严嵩的心思。

当时，世宗派太监监视夏言与严嵩的动静，夏言对世宗身边的宦官盛气凌人，而严嵩却对他们礼遇有加，还拿出不少钱财贿赂他们。所以这些宦官总是在世宗面前称赞严嵩，诋毁夏言。

嘉靖二十五年（1546年），兵部侍郎曾铣（xiǎn）总督陕西三边军务，他屡次上奏建议收复河套地区。世宗询问夏言的意见，夏言表示赞同，于是世宗颁下诏书命曾铣与边境大臣悉心筹划，长久打算，并下发白银三十万两，让曾铣修筑边境，慰劳士兵。

后来宫里发生火灾，方皇后被烧成重伤，不久便去世了。世宗非常恐惧，一边释放杨爵等人出狱，一边下诏让大臣直言进谏。那

阴狠毒辣的严嵩得了机会，上奏说曾铣挑起战乱，误了国家大计，夏言扰乱国事，应该一同受罚。

严嵩的奏折一递上，大臣们全都见风使舵，异口同声称灾祸是由夏言和曾铣引起的。世宗听信严嵩的话下令将夏言罢官，将曾铣押解到京城，那些赞成收复河套的大臣也都受到惩罚。

30. 外敌入侵

严嵩见夏言被罢官还不满足，定要害死夏言才肯罢休。没多久，严嵩就暗中设法，令儿子严世蕃替咸宁侯仇鸾起草上疏，弹劾曾铣克扣军饷，贿赂夏言。

世宗还未彻底查清此事就命人拟定了曾铣的罪名，并下令将他斩首，曾铣的妻儿也被流放到千里之外。曾铣为官清廉，擅长领兵作战，他死后京城中的人都替他鸣不平。

曾铣被斩首，夏言自然不能免罪，世宗随即下诏逮捕夏言。夏言得知消息，上奏陈述自己的冤屈，指出仇鸾的奏书是伪造的。又说严嵩贪赃枉法，玩弄权术，心怀不轨。

世宗看了夏言的奏书，并不相信。不久，边境传来警报，蒙古俺答汗率兵入侵。严嵩立即上奏说是夏言主张收复河套才引得敌寇来犯。

这道奏折无疑是夏言的催命符，随后夏言被处死，他的妻子被流放广西，侄子侄孙全都被削职。从这之后，严嵩独揽大权，朝廷中再无人能与他抗衡。

俺答入侵居庸关，因关城险阻不能得手，便移兵攻打宣府。大同总兵官周尚文老谋深算，带兵击退俺答大军。严嵩父子与周尚文有过节，多次想陷害他，只因边患连连世宗倚重周尚文，因此没有

得逞。

哪知天妒英才,周尚文在大同病逝,朝廷派张达接替他的职位。俺答听说边将换了人,再次来犯。张达有勇无谋,不敌俺答军,很快战死在乱军之中。

随后,俺答召集全部人马,大举来犯,边疆震惊。这时,仇鸾在严嵩的保举下免罪出狱,还升任大同总兵官。仇鸾到了大同,见俺答军来势汹汹,吓得手足无措。这时,仇鸾的部下给他出了一个主意,让他贿赂俺答,请求攻打别的地方。

俺答收了贿赂,就沿着长城向东,到了潮河川南下,由古北口进攻京城。俺答先是击退都御史王汝孝带领的军队,接着便侵略怀柔,围攻顺义,直达通州。幸好巡按顺天御史王忬提前赶到白河口,将东岸的船只赶到西岸,拦住了敌寇的去路。

当时京城内外已经乱得鸡飞狗跳了,朝廷急忙传令各镇,并派出文武大臣九人,把守京城的九个大门。世宗还下令召集禁军,但聚集起来的禁军只有四五万人,其中有一半是老弱残兵,这如何御敌呢?

都御史商大节受命统兵,他带领众人慷慨誓师,并大力鼓舞士兵,兵民听了倒也愿意效劳。商大节派人去武库里取兵器,可只看到一堆破盔烂甲废枪,根本无法用来打仗。

商大节见状上报朝廷,朝廷拨给他五千两白银,让他设法应对。商大节立即叫来应试的武举人一同御敌,这才勉强组建了一支防守的队伍。

过了两天,俺答已经命人造好竹筏,让七百多名骑兵偷偷渡过白河,进攻京城。此时京城人心惶惶,大臣们屡次请旨,世宗才亲临奉天殿,召集文武百官议事。

谁知世宗到了大殿,并没有提出什么作战计划,只是命礼部尚

30. 外敌入侵

书徐阶督促百官严守各地罢了。

这时，大同总兵官仇鸾和巡抚保定都御史杨守谦带兵来到京师保卫皇上。世宗对群臣说："朕现在命仇鸾为大将军，统管各路兵马，杨守谦为兵部侍郎，管理军务。兵部尚书是谁？马上将朕的旨意传下去。"

兵部尚书丁汝夔（kuí）急忙下跪准备聆听皇上的旨意，谁知世宗竟然退朝了。丁汝夔起身出去，私下拉了拉严嵩，问他是战还是守。严嵩回答说："塞上打仗，败了还可以掩饰，在京城附近打仗失败了，那就无人不知了。你必须谨慎行事，敌人抢够了自然会离开，又何必轻易开战呢？"

丁汝夔听了严嵩的话心领神会，于是传令下去切勿轻举妄动。杨守谦孤军力薄也不敢出战，与敌人相持了三天三夜。

俺答再次进攻京城，他们沿途大肆掠夺，还放火烧掉了京城外面的民居，百姓们无家可归，只能四处逃窜。老人小孩多半丧命，年轻力壮的不是被杀就是被掳。还有那些柔弱的女子，全被这群贼人侮辱。

大将军仇鸾不敢与俺答交战，于是暗自派人去向俺答说情。俺答让来使传话给仇鸾，说只要朝廷愿意互市通贡，让他们每年都得到一些利益，就马上退兵。

仇鸾听说皇上主战，一时也不敢将俺答的意思上报朝廷。俺答等了三天没有收到回复，便抓了几个太监写了一封信让他们交给世宗。

世宗打开信来看，信中无非是要求开展边境互市贸易，互派贡使，结尾还有如果不答应，不要后悔等话。世宗看完后，召见大学士严嵩、李本，尚书徐阶商议对策。最后世宗听从了徐阶的建议，派人传话给俺答，想要朝廷答应他们的条件，就必须退到关外，另派使臣呈上番文，由大同的守臣代呈。

没多久朝廷就收到俺答的回信，说是要派三千人进入京城，否则就向城外增兵，发誓攻破京师。

徐阶收到书信，立即召见百官商议。百官见了俺答的回信瞠目结舌，不敢发言，唯独国子司业赵贞吉主张开战。

当晚，城外的火光更加猛烈，德胜门、安定门外面统统化成焦土。世宗看见这样的景象，不禁搔首顿足，不停地说着："如何是好？如何是好？"

后来世宗听内侍说起白天朝议的情况，于是召见赵贞吉问话，并让他写下自己的意见。赵贞吉大笔一挥，写下几条具体可行的应变措施。世宗看后非常激动，立即提拔赵贞吉为左椿坊左谕德兼河南道监察御史，并下令户部发放五万两白银奖励各营的将士。

当时俺答已经在京城外烧杀抢夺了八天，所得远远超过预期，

30. 外敌入侵

于是便整理好行装,率军向白羊口退去。世宗命仇鸾率军追击,仇鸾根本不敢与俺答交战,只好尾随在敌军后面,佯装追击。不料敌军竟来了一个回马枪,杀了不少仇鸾的人马。

仇鸾害怕受到世宗的责罚,于是在回京途中砍下八十多名战死士兵的首级来冒功。世宗信以为真,竟加封仇鸾为太保,还给予他丰厚的赏赐。

不久,世宗下旨逮捕尚书丁汝夔、都御史杨守谦入狱。原来俺答放火烧毁了很多内臣的豪宅庭院,内臣就上奏世宗说这都是丁汝夔、杨守谦两人的罪过,因为他们不允许出战才导致烽火漫天,惊动了圣上。世宗听了这话当然愤怒至极,立刻传旨将他们逮捕。

丁汝夔原本是在严嵩的授意下才命令各营停战的,现在反而因此获罪,无奈之下只好向严嵩求救。严嵩怕丁汝夔揭发自己曾经授意他不出战,便宽慰丁汝夔说:"有我在,一定不会让你死去。"

可是当世宗下令处死丁汝夔时,严嵩又噤若寒蝉,一言不发。丁汝夔临刑之前方知受骗,大呼:"贼嵩误我!贼嵩误我!"

后来,赵贞吉也被严嵩诬陷遭到贬谪。朝廷中只要是不服严嵩,弹劾严嵩的大臣全都被一网打尽。

没多久俺答再次入侵的消息传入朝廷,仇鸾急忙派人带着财物贿赂俺答的义子脱脱,表示情愿互市通贡,不必动兵。脱脱向俺答转达了仇鸾的意思,俺答欣然同意,并与仇鸾约定每年分春、秋两次入贡。

 明 **31. 残害忠良**

俺答与明朝交换的货物无非是塞外的马匹，因此叫作马市。马市开通后，朝廷命侍郎史道掌管。兵部车驾司员外郎杨继盛上奏世宗反对此事。

世宗看完杨继盛的奏折非常激动，于是召见内阁以及诸位大臣商议，严嵩等人都不敢明确表态，唯独仇鸾痛骂道："这小子又不懂用兵，才说得这么容易！"接着递上密奏反驳杨继盛。

世宗不分青红皂白居然下旨将杨继盛逮捕入狱，交给法司拷问。杨继盛始终坚持自己的主张，后被贬为狄道典史。

马市开通之后，俺答起初还是很讲信用的，按马的实际价值要价。后来却屡次拿次马来充数，还硬是索要高价，边吏如果挑剔他们送来的马，他们就吵闹个不停。有时候双方在大同互市，俺答就去侵犯宣府；有时候在宣府互市，俺答就去骚扰大同，甚至早上互市晚上就侵略，还将卖出去的马全部抢回去。

大同巡按御史李逢时上奏世宗说俺答出尔反尔，如果继续互市必将酿成大患。兵部尚书赵锦也递上御敌策略，并表示边事要以战守为主。世宗于是下令仇鸾督兵出塞，前去讨伐俺答。

仇鸾本来认严嵩为义父，一切行动都由严嵩暗中庇护，自从他总督京营以后，权力与严嵩相当，免不得骄傲起来，也没把严嵩放

31. 残害忠良

在眼里。严嵩怨恨仇鸾忘恩负义,秘密上奏诬陷仇鸾,仇鸾也密奏严嵩父子贪赃枉法,肆意妄为。

从这以后,世宗渐渐疏远严嵩,严嵩因此更加憎恨仇鸾。后来,世宗命仇鸾出兵,严嵩知道仇鸾畏战,于是唆使朝中大臣请旨督促。

仇鸾虽身为大将,但其实没什么本事,要他与俺答开战,根本打不过。这次有严嵩在一旁盯着自己,他又找不到借口推辞,只好硬着头皮出师。

不料边境的警报频频传来,明将王恭、王相先后战死。朝廷又严厉得很,把大同总兵徐仁、游击刘潭等人抓住审问,巡抚都御史何思被革职,仇鸾听到这些消息更觉得胸闷气短。

仇鸾来到关外也不想坐以待毙,于是带着部众偷袭俺答。不料偷袭不成反被打得落荒而逃。等到了安全地带,骑兵汇报说刚才只是俺答的游击队,并不是大部队,仇鸾听后又羞又恨。

后来,仇鸾忧愤成疾,背上竟然生出一个毒疮,疼得他哀号不断。他本想上奏辞官,但又舍不得大将军印,索性拖一天是一天。

偏偏礼部尚书徐阶知道了仇鸾的情况,上奏弹劾他。兵部尚书赵锦也主动请缨,表示目前情况危急,愿意代替仇鸾上阵。世宗也着急起来,他命赵锦收回仇鸾手里的大将军印。

赵锦连夜赶往仇鸾家里拿大将军印,并给他看了世宗的诏书。仇鸾当时正卧病在床,见大将军印被收走,禁不住泪流两行,没多久便气绝身亡。

世宗这时已经知晓了仇鸾为人奸诈,他派都督陆炳秘密调查。陆炳抓捕了打算投奔俺答的时义、侯荣等人,这些人是仇鸾的同党。经过法司严刑逼供,时义和侯荣说出仇鸾勾结敌房、私收贿赂等不法之事。

陆炳将仇鸾的罪行一一向世宗禀明,世宗听后大怒,下令开棺

戮（lù）尸，并派人捉拿仇鸾的父母妻子，将他们同时义、侯荣等人一同处斩。接着，世宗昭告天下，取消马市。俺答听说后，连忙撤离。

世宗又下令宣大总督苏佑与巡抚侯钺、总兵吴瑛等人出师北伐。谁知首战就遭到惨败，将士们死伤无数，侯钺等人拼命逃脱才保住一条命。后来，俺答又侵犯大同，副总兵郭都率兵出战，但因势单力薄再次战败。世宗很是气愤，下令逮捕侯钺，削籍为民。

这时，世宗想起杨继盛是因弹劾仇鸾遭贬，未免冤枉，于是将他召回京，升为兵部员外郎。严嵩原本与仇鸾不和，又因为杨继盛弹劾仇鸾有功，便从中说情，杨继盛又被升任为兵部武选司。

杨继盛哪里知道是严嵩帮了他，刚刚上任一个月就草拟奏折弹劾严嵩的罪状。他的妻子知道后，极力劝阻，可杨继盛却斩钉截铁地说道："我不愿与这奸贼同朝为官，不是他死就是我亡。"妻子见劝不动杨继盛，只好含泪离开。

杨继盛继续起草奏书，列出了严嵩的十大罪状以及五大作奸犯科的事情，写得句句痛切，字字泣血，堪称明史上的一篇大奏折。

杨继盛等了十五天才找了一个机会将奏折递上去。谁知早上刚上奏，晚上就被关进大牢。原来严嵩只手通天，诬陷杨继盛勾结亲王弹劾自己，用意险恶。而世宗偏信奸臣，毫无是非之心，下令将杨继盛杖责入狱。

杨继盛被关进大牢之后，舆（yú）论四起，大家都暗地里指责严嵩。严嵩见人言可畏，打算放过杨继盛。可严嵩的儿子和党羽都劝他斩草除根，严嵩被他们说服，打定主意杀死杨继盛。

正巧这时倭寇猖獗，赵文华奉旨巡视海防，他与兵部侍郎张经等人产生矛盾。赵文华嫉妒贤能诬陷张经等人，严嵩趁机将杨继盛列入其中。

31. 残害忠良

兵部侍郎张经等人又是如何被赵文华陷害的呢?原来沿海一带向来有倭(wō)寇出没,且又有中国居民与倭寇勾结,海患十分猖獗。嘉靖三十一年(1552年),安徽人汪直逃亡到海上成为巨寇,连海外的倭寇都主动臣服于他。后来,汪直进犯台州,攻破黄岩,骚扰象山、定海各处,浙东一带不得安宁。朝廷商议决定派遣王忬(shū)巡抚浙江,提督沿海军务。

王忬来到浙江,招募士兵,激励将帅,命俞大猷(yóu)、汤克宽领兵发动突袭,很快击败了汪直等贼军。浙江经此一战,人心安定了许多。哪知汪直刁钻狡猾得很,他煽动倭寇,调集了几百艘战舰大举入侵,朝廷无力抵抗,导致苏州、松州、上海、南汇、川沙等地遭受大肆抢掠。

汪直一路攻破昌国卫、乍浦、青村等地,深入江北,他们沿途烧杀抢掠,残害百姓,震惊山东。这时,朝廷大臣弹劾王忬,说他

以邻为壑,坐视不理。世宗于是将他调任大同,命徐州兵备副使李天宠接任他的职位。

无奈李天宠控制不了浙江的局面,于是请求朝廷另外派人前来。朝廷就派南京兵部尚书张经为右都御史,兼兵部侍郎,总都江南北、浙江、山东、福建和湖广的军事。

这时,汪直带着倭寇从北往南,返回浙江境内,距省会只有几十里。李天宠据守在省城,束手无策,幸好副使阮鹗和金(qiān)事王询率兵死守,城防无懈可击,这才将倭寇逼退。

严嵩的义子赵文华这时已经被提拔工部侍郎,他上奏世宗陈述抵御倭寇的七件要事,第一件就是请朝廷派官员去拜祭海神。

世宗看完奏折,召见严嵩询问。严嵩乘机推荐赵文华去祭祀,顺便督察军情,还说赵文华对兵事非常娴熟。世宗随即准奏,命赵文华南下。赵文华得了这个美差,沿途索贿,横行霸道。

赵文华到了江南,与张经谈论军务,两人还没说几句话,就已经是水火不容了。后来,赵文华屡次催张经发兵,张经根本不理会。于是赵文华上奏弹劾张经徇私,故意拖延错失了战机。

可奏折刚刚递上去,张经就调齐兵马,兵分四路攻打倭寇。结果四路人马全都大胜而归,张经随后给朝廷发去捷报。

世宗先是收到赵文华弹劾张经的奏折,正派人抓捕张经时,又收到了张经发来的捷报,紧接着是赵文华发来的捷报,但这两份捷报的内容完全不同。世宗看着眼前的奏折犯了难,于是召见严嵩问话。严嵩当然是帮着自己的义子说话,世宗随即下令抓捕了张经、李天宠、汤克宽等人。

张经等人到了京城,极力向世宗解释,世宗非但不相信,还说他诬陷功臣,下旨将这几人全部处死。严嵩又将杨继盛牵扯进去,于是这些真正的功臣全都含冤而死。

# 32. 奸臣赵文华

张经死后,世宗派遣周珫(chōng)接任,李天宠的职位则给了胡宗宪。不久,朝廷罢免了周珫,任南京户部侍郎杨宜为总督。杨宜担心会重蹈张经的覆辙,凡事都去请教赵文华,赵文华的气焰越来越嚣张。

不久,倭寇又齐聚柘林,分头进犯浙东、浙西、安徽等地,杀害无辜民众四千多人。应天巡抚曹邦辅、佥事董邦政带兵剿匪,下令猛攻,将倭寇杀得一个不留。

赵文华带兵赶来,想抢曹邦辅的功劳,可对方早已消灭敌军,向朝廷报捷了。赵文华气得不行,与胡宗宪带着四千士兵打算攻打倭寇的柘林老巢,还约曹邦辅一起围剿。哪知反被倭寇锐利的攻势冲散,失败逃回。这时,奸诈的赵文华又将罪过全都推在曹邦辅和董邦政头上,说他们拖延时间,贻误战机。

世宗又要下旨捉拿曹邦辅,幸好给事中孙濬、夏栻(shì)等人力陈曹邦辅忠诚能干,此次拖延时间必定有原因。世宗听了他们的话这才让赵文华秉公处理。

赵文华自知倭寇难以平定,就请奏还朝,世宗准奏。赵文华回到京城第一件事就是带着珍宝去严府请安。见到严嵩父子后,他立即献上奇珍异宝,严嵩高兴极了。又向严嵩的妻子欧阳氏献上精美

的珍珠宝玉，欧阳氏乐得合不拢嘴。

赵文华入朝后，严嵩极力在世宗面前夸赞他，世宗于是提拔他为工部尚书，并加封太子少保。赵文华喜出望外，忙去叩谢严嵩。

为了博取世宗的信任，赵文华再次南下视师。他顶着监督的名义到处耀武扬威，欺凌百官，收受贿赂。

到了浙江，赵文华先去见了胡宗宪，胡宗宪为赵文华摆酒接风，格外谦恭。席间两人谈到军事，胡宗宪提起海盗倭寇剿杀不尽，不如改为招抚。赵文华听了深以为然，便将一切军事都托付给胡宗宪，自己只负责征发军饷。

后来，胡宗宪派手下夏正使了一出反间计，成功除掉了海盗头目徐海、陈东、麻叶。世宗收到赵文华和胡宗宪的捷报，非常高兴，升赵文华为少保，胡宗宪为右都御史。

赵文华得了厚赏又跑到严府叩谢，这次送来的礼物比上次更加

胡宗宪用谋赚海盗

32. 奸臣赵文华

丰厚，严嵩夫妇自然高兴得很。赵文华知道严世蕃十分贪婪，平常的东西根本瞧不上，于是特地用黄金白银抽成丝，织成一顶幕帐送给他。此外，他还用上好的珍珠结成宝髻送给严世蕃的妻妾。哪知严世蕃和他的妻妾见了这些赠礼，一点也不稀罕。

现在赵文华深得世宗恩宠，权位几乎和严嵩差不多。他想着自己能有今天的荣华富贵，全靠严家的提拔，要是严家倒了，自己势必受牵连。而且送给严家的礼物已经有几万两银子了，严世蕃不但不道谢，还摆出一副不满足的样子。这样下去，恐怕很难满足他的胃口，不如另作打算。一天，赵文华从严嵩手里得到一张可以延年益寿的药酒方子。到了第二天，赵文华就上奏世宗说："臣这里有一张药酒方子，听说常常服用可以长生不老。大学士严嵩试饮了一年，觉得很有效果，臣近日得到这张方子，不敢私藏，特地呈上，请皇上也照着服用，一定可以延年益寿。"

世宗看完奏折感叹道："严嵩有这样的秘方却不告诉我，可见人心难料。赵文华倒是有些忠心。"

内侍听了世宗的话，暗自将赵文华的奏折偷了出来，报告给严嵩。严嵩当时就火冒三丈，立即命人将赵文华叫来。

严嵩一见到赵文华就气愤地说道："你向我行礼干什么，我一手提拔你，你却想害死我？"接着便拿出奏折朝赵文华扔了过去。

赵文华捡起奏折一看，知道事情败露了，只好一个劲地给严嵩叩头请罪。严嵩不肯接受，只是让仆人把赵文华拖了出去。

赵文华回到家中，左思右想，一直盘算着如何求得严嵩的原谅。他多次去严家拜见严嵩，但严嵩依旧不待见他。后来，他讨好严嵩的妻子欧阳氏，让她帮忙说情，严嵩才勉强谅解了他。

嘉靖三十六年（1557年）四月里的一天，奉天、华盖、谨身三座大殿意外发生火灾，损失惨重。世宗下诏斋祭五天，后来又听信

术士的话，下旨修建正阳门楼。赵文华在工部任职无法推托，怎奈朝廷命他两日竣工，时间如此仓促哪里建得起来呢？

两天之后，门楼还只建了一半，世宗对此十分不满。严嵩让严世蕃通知赵文华早做准备，免得受罚。赵文华立即上奏称病，世宗便批准他回老家休养了。

赵文华又让儿子赵怿（yì）思到宫中请假，说是要送父亲返程，无非是指望世宗把他留下。不料事情弄巧成拙，世宗竟下旨斥责赵怿思顾家忘国，让他立即戍边。而赵文华有意试探圣上旨意，目无君上，按罪应该削职为民。

赵文华见了圣旨，不禁涕泪横流，万念俱灰，只好带着家眷雇船南下。一天晚上，赵文华突然觉得肚子很胀，他用手摸了摸肚子，只听噗的一声，肚子竟然爆开，肠子都流出来了。赵文华疼痛难忍，当场死亡，生前所有的荣华富贵都化作泡影。

32. 奸臣赵文华

胡宗宪听说赵文华的死讯，心中未免有些惆怅，因为赵文华是他在朝中的一大靠山。那时候，虽然徐海等人被除去，但还有一个汪直纵横海上。胡宗宪深知与海盗正面开战不是办法，于是改剿为抚，他把汪直的母亲和妻子从狱中接到了杭州，悉心照顾。汪直得知这个消息非常感动。

接着，胡宗宪又派宁波诸生蒋洲去游说汪直。蒋洲动之以情，晓之以理，成功招降汪直。后来在胡宗宪的担保下，汪直向明朝投降，胡宗宪则命人写好奏折，替汪直请罪。

几天之后，胡宗宪接到朝廷的回复，大意是说汪直是沿海叛乱的元凶，罪不可赦，应即刻就地正法。胡宗宪不敢违抗皇命，无奈将汪直斩杀。

汪直的党羽还有三千多人，他们仍流亡海上，联络倭寇到处烧杀抢掠。胡宗宪不去追击，竟然直接奏称海盗和倭寇都被荡平了。世宗大喜，封胡宗宪为太子太保。

此后世宗专心斋祭，他认为倭寇得以荡平都是鬼神有灵，将功劳都归到陶典直头上，还加封他为恭诚伯。

33. 严嵩的末日

明代时,朝廷设有两浙、两淮、长芦、河东这几个盐运司,他们各司其职,但在运司以上就没有人管辖了。后来,鄢懋(yān mào)卿在严嵩的举荐下总督全国盐运,因为总理盐务是当时的特设,所以待遇格外隆重。

鄢懋卿奉命出都,带着妻妾仆役去各地巡察。每到一处地方,无论大小官员都要出来迎接,除了日常供应之外,还要向鄢懋卿进献金银财宝。

这天,鄢懋卿来到两浙巡视,当来到淳安境内时,发现无人来迎接,又走了几里后,才见着两个穿着破旧的人。这时,穿着旧袍子的人上前拜见鄢懋卿。

鄢懋卿正气愤没人来迎接,于是厉声问道:"来者何人?"那人脸上毫无惧色,从容地答道:"下官便是淳安知县海瑞。"

鄢懋卿看了他一眼,说:"你就是淳安知县?怎么不坐轿子来,真是太失礼了。"

海瑞回答:"小官愚昧,只知道管理百姓,百姓生活安宁,官体就能保全了。今天承蒙大人教诲,心里很是不解。"

鄢懋卿接着问海瑞:"淳安的百姓都靠你一个人管理吗?"

海瑞回答说:"这都是朝廷的恩德,小官只是奉命行事,哪来

33. 严嵩的末日

的功劳？只不过淳安是一个贫穷的县城，又屡次遭到倭寇进犯，民生凋敝。小官不忍心扰民，所以才没有坐轿子来，请大人原谅！"

鄢懋卿被海瑞怼得无话可说，只好忍住气，说道："我奉命来此，借贵地暂住一晚！"

海瑞回答："这是小官应该做的事，只是淳安县贫苦，供应简陋，希望大人宽容一点！"鄢懋卿没有回话，只是让海瑞在前面带路，来到县署。

海瑞自己充当差役，让妻子和女儿充当婢女，除了茶饭和酒肉以外，没有供奉给鄢懋卿任何东西。鄢懋卿见海瑞如此对待自己，非常窝火，只想着以后找机会跟海瑞算账。鄢懋卿和妻妾在淳安住了一晚，第二天就收拾东西离开了。

一个月后，海瑞收到自己被免职的诏书，他知道这一切肯定是鄢懋卿在暗中报复。海瑞对此非常坦然，当下就交还了县印，回到琼山老家去了。

鄢懋卿一番巡察完毕后，下令增加盐税，每年增加四十多万，朝廷还下旨嘉奖了他。鄢懋卿所得的贿赂也自然与严家父子平分了。

当时严嵩父子权倾朝野，所有热衷官场的人都来讨好严家。只有翰林院待诏文徵明廉洁自爱，坚决不与严家来往。

文徵明是一个非常有才能的人，他与祝允明、唐寅、徐祯卿三人一起被称为"吴中四大才子"。祝允明别号枝山，擅长书法；唐寅字伯虎，擅长绘画；徐祯卿字昌榖（gǔ），擅长作诗，三人全都登科及第，文采齐名。

严世蕃多次招揽文徵明都遭到拒绝，因此怀恨在心，想陷害文徵明。恰巧这时候他的母亲欧阳氏病了，一时无法顾及，便把文徵明的事情搁置起来。

不久之后，欧阳氏病逝，没了母亲的监管，严世蕃更加大肆享

乐,除了流连声色之外,还干预朝政。严嵩因为年纪大了,把不少政事交给严世蕃裁决。但严世蕃递上去的奏折往往语意模糊,甚至前言不搭后语,世宗看后很不高兴,又听说严世蕃服丧期间在家淫乐,更加气愤。

后来,严嵩因一封奏书惹恼了世宗,世宗对严家父子渐渐疏远。当时礼部尚书徐阶已经升任大学士,世宗遇到军国大事都向徐阶咨询,只有斋祭的事情会问严嵩。

言官见严嵩失宠,就想落井下石,乘机扳倒这个专政多年的大奸臣,御史邹应龙尤为热诚。但严嵩的根基实在太稳,想要撼动他实属不易。

一天邹应龙做了一个梦,梦醒之后大悟道:"要射大山,不如先射东楼,东楼倒塌,大山也就动摇了。"于是邹应龙从严世藩下手,上奏弹劾他。

世宗看完邹应龙的奏折,陷入沉思,随后召见徐阶商议此事。徐阶低声说道:"严氏父子罪恶昭彰,陛下应该果断一些,免得生出其他祸端。"世宗听后连连点头。

不久后,锦衣卫就奉命来到严府宣读诏书,勒令严嵩罢官,并逮捕严世蕃下狱。严嵩跪在地上听到旨意,几乎都站不起来了,紧接着严世蕃就被锦衣卫推了出去。严嵩这才慢慢起身,转眼间泪如雨下。

这时,刑部侍郎鄢懋卿和大理寺卿万寀(cǎi)等人来到严府,他们都是严府的走狗。严嵩刚和他们谈了几句,不料锦衣卫又来抓人,这次他们带走了严世蕃之子严鸿、严鹄(hú),还有家奴严年。

见此情形严府上下都惊恐万分,大家围住鄢懋卿和万寀,请他们想办法。鄢懋卿思索一会后想出一条计策,他向严嵩说明,严嵩让他按计划行事。

33. 严嵩的末日

　　一天后圣旨下来，将方士蓝道行逮捕入狱。原来鄢懋卿想营救严世蕃，就贿赂内侍，陷害蓝道行，说邹应龙上奏是受蓝道行的唆使。世宗果然听信，下令将蓝道行抓捕起来。

　　鄢懋卿等人又秘密派人告诉蓝道行说只要他把责任推给徐阶，就可以脱罪了，偏偏蓝道行宁死不屈。随后，世宗将严世蕃贬为雷州卫，他的儿子严鸿、严鹄和私党罗文龙发配边疆。侍郎魏谦吉等人也是严世蕃的同党，都被贬官。

　　不久，鄢懋卿、万寀以及那些跟严家来往密切的大臣都遭到弹劾，相继被罢免。世宗又加恩严鸿为庶人，让他侍奉严嵩回乡。

　　严嵩奉命回乡途中，继续贿赂内侍，让他们诬陷蓝道行。蓝道行因为长期被困，终于死在狱中。

　　后来，严嵩将道士蓝田玉传授给自己的符箓进献给世宗，世宗非常高兴，好言称赞了严嵩，还赐给他金银。严嵩随即上表谢恩，

并乘机上奏世宗，请求放严世蕃和孙儿严鹄回来给自己养老送终。

谁知世宗竟然不高兴地说："你有孙子养老已经是格外加恩了，还不满足吗？"严嵩看到圣旨一连几天都闷闷不乐。

不久，严世蕃父子偷偷逃回来了，严嵩见了又喜又怕，但想到一家人还能团聚，也就由着严世蕃去了。

严世蕃逃回家以后，胆子越来越大，居然光明正大地召集了几千工匠大造府邸，府里的奴才仗着严家的势力到处欺凌百姓和官员。

袁州推官郭谏臣因受到严府家奴严六的凌辱，无从泄愤，于是将严氏的罪行一五一十地写下来，呈给南京御史林润。林润随后将此事上奏世宗。

世宗收到林润的奏折气愤不已，命林润立即逮捕严世蕃等人入京问罪。林润一面派人将严世蕃等人抓捕归案，一面让袁州府详细列明严氏的罪状，再次上奏弹劾严嵩父子。

奏折呈上去后，世宗大怒，命司法严审。谁料严世蕃在狱中依旧扬扬得意，他派人大肆宣扬杨继盛和沈錬（liàn）的冤案，说这些事都是他严世蕃所为。

刑部尚书黄光升、大理寺卿张守直等人果然中了严世蕃的计谋，准备将杨、沈两案归罪于严氏，再次上奏。

但徐阶却看透了严世蕃的阴谋，因为当初给杨继盛和沈錬定罪的正是皇帝，如果就这么将罪证上呈，难免触怒世宗，严世蕃很可能借机脱罪。所以徐阶去除了这一项，给严世蕃列出三大罪状：其一勾结倭寇，其二勾结盗贼，其三以下犯上。

不久，世宗就下旨将严世蕃、罗龙文处斩，将严嵩贬为平民，并派人查抄严府，搜出了不计其数的黄金白银。严嵩被逐出严府后住在自己的墓地里，两年后饿死。

34. 良将贤臣

严嵩父子下台后,徐阶执掌大权,他上奏世宗增加内阁成员,于是吏部尚书严讷、礼部尚书李春芳一起入了内阁。

总督东南军务的胡宗宪心里一直不安,因为他之前依附严嵩一党,加上倭寇没有肃清,担心遭到世宗的谴责,于是极力讨好世宗,先后向世宗进献白鹿、白龟、五色灵芝。世宗非常高兴,对他进行了封赏。

即使如此,胡宗宪也没能逃过一劫。嘉靖四十一年(1562年),弹劾胡宗宪的奏折已经堆满了桌案,世宗终于下旨将胡宗宪逮捕入京。因为担心脑袋不保,胡宗宪竟然服毒身亡。

胡宗宪一死,倭寇更加猖狂,竟然攻陷福建兴化府。兴化是福建的名郡,向来富裕,这次被攻陷,远近为之震惊。

幸好这时有一位应运而生的名将,他就是定远人戚继光。戚继光字元敬,世袭登州卫都指挥佥事,原本是胡宗宪的部下,任参将一职。

当时福建的倭患越来越紧急,巡抚游得震急忙上奏世宗,请求调浙江义乌的兵马前去救援,由戚继光统领。世宗准奏,并命参政谭纶、都督刘显以及总兵俞大猷一同支援兴化。

倭寇占据兴化城三个月,奸淫掳掠,无恶不作,后来又移攻平海卫,都指挥欧阳深战死。朝廷知道后罢免了游得震,让谭纶取代他,速速收复平海卫。

这时戚继光带着义乌兵赶到,于是谭纶命戚继光率领中军,刘显率领左军,俞大猷率领右军,一起进攻平海卫。

倭寇急忙迎战,第一路便遇上戚继光。戚继光命部下拿着射筒喷出无数石灰,顿时白茫茫一片就像起了大雾,倭寇被眯了眼睛,一时连东西南北都分不清楚,戚家军乘机将他们杀得片甲不留。一些逃跑的倭兵也被刘显和俞大猷的军队消灭,这一战明朝大胜,平海卫被收复。

戚继光等人接着又收复了兴化,福州以南地区基本上平静下来,只有沿海等地还有几万名倭寇。他们骚扰来往的商旅,不久又进攻仙游。戚继光听到警报,立即带兵前去围剿。

后来戚继光与倭寇在城下相遇,倭寇首领看见戚家军的旗帜已

34. 良将贤臣

经是心惊胆战,两军交战了几个回合,倭寇就急急忙忙向同安奔去。戚继光带领部队追击,几乎将逃跑的倭寇消灭干净了。有些倭寇逃到广东潮州,在那里又被俞大猷迎头痛击,一举歼灭。

倭寇作乱二十年,攻破城池、杀害官民不计其数,现在受到戚继光的重创,终于不敢再来侵略,东南地区这才安定下来。

海寇肃清之后,世宗以为四方无事,天下太平,越发专注于求仙问道。方士王金、陶仿、刘文彬、申世文、高守中等人陆续被召入宫中,借机受贿的事情也发生了不少。

后来,宫里出现了祥瑞的征兆,世宗大喜,下旨封各位方士为翰林侍讲。陶典真的儿子陶世恩也希望获得恩宠,于是伪造了五色灵芝和灵龟献给世宗。后来陶世恩又与王金、陶仿、刘文彬、申世文、高守中等人杜撰(zhuàn)仙方,炼成丹药进贡。这些丹药医书里并没有记载,其药性燥烈,气味难闻,实在难以下咽。

世宗求仙心切,竟然放开喉咙吞了下去。不料自从服食仙药之后,世宗开始烦躁口渴,晚上也睡不着觉。他问方士这是怎么回事,方士统一回答说是服食仙药后的正常反应,世宗深信不疑。

那时陶典真的党徒胡大顺为了被重新起用,杜撰了一本《万寿金书》,声称书中有长生的秘方,把黑铅炼白后服用就可以长生不老。世宗一心追求长生不老,连忙命人按秘方炼药服用。而胡大顺在蓝田玉的帮助下,得以改名胡以宁,受到世宗恩赏进入皇宫。

自从服食过丹药后,世宗的精神开始错乱,整天忧心忡忡,白天常常看见一团黑气从眼前飘过,还以为那是鬼物。世宗不明白原因,反而令蓝田玉等人入宫祈福。可祈祷了好几天,一点效果都没有。

蓝田玉担心自己因此获罪,就说是蓝道行下狱冤死,所以化为厉鬼来报复。世宗对此半信半疑,于是召见大学士徐阶询问。

徐阶说:"胡大顺目无法纪,化名胡以宁混入宫中,蓝田玉引

荐罪人，胆大包天，臣请陛下严惩他们！"

世宗愕然道："胡以宁就是胡大顺吗？这等放肆小人怎么能轻饶？"

徐阶接着说："蓝田玉是严氏的党羽，屡次进献白铅，居心不良。他甚至假传圣旨召见胡大顺，如果不把他正法，怎么能算严惩？"

世宗听了徐阶的话，气愤不已，立即命锦衣卫捉拿蓝田玉、胡大顺交给法司审讯，内侍赵楹（yíng）也被牵涉进来一并问罪。随后，世宗下令将蓝田玉、胡大顺、赵楹三人处斩。

虽然诛杀了三恶，但世宗依然举行斋祭。前淳安知县海瑞因为得罪严党被罢官，现在已经重新被起用为户部主事。他见世宗始终不肯醒悟，就和家人诀别，誓死上奏。

世宗看完海瑞的奏折，一把扔到地上，怒气冲冲地对内侍说："这小子胡言乱语，快给朕抓住他，不要放走了！"

太监黄锦在一旁说道："听说此人上奏时，已经为自己买好棺木，和妻子、儿女诀别，并遣散了仆人，他绝不会逃走的。"

世宗听后立即命人将海瑞逮捕下狱。后来，世宗将海瑞的奏折重新看了一遍，终于有所触动，自言自语道："这人可以和比干媲（pì）美了，不过朕可不是商纣王呢。"

世宗的身体状况一天比一天虚弱，渐渐不能批阅奏折。嘉靖四十四年（1565年）的冬天，世宗常常感到心烦意乱，到了第二年正月，病情更严重了，吃什么药都没有用，太医用尽各种方法也无力回天。就这样拖到了冬季，世宗终于在乾清宫驾崩，享年六十岁。

徐阶起草了遗诏昭告天下，所有因为直言劝谏而被判刑的官员，生者录用，死者抚恤，在监狱服刑的一律释放。遗诏一经颁布，满朝文武无不感激涕零。

世宗驾崩后，裕王朱载垕继位，历史上称为穆宗。穆宗登基不

34. 良将贤臣

久下旨废除了前朝所有不合时宜的政令，并处死了方士王金、陶仿、刘文彬、申世文、高守中和陶世恩，户部主事海瑞被无罪释放。

海瑞出狱后入朝谢恩，被升为大理寺丞。三年后，又被提拔为佥都御史，巡抚应天等府。

海瑞奉旨上任，出行一切从简。到任后，海瑞立即调查贪官污吏，无论案件大小一律记录在案。此外，海瑞还常常微服出游，暗中查访，那些贪污的官员、太监害怕遭到他的弹劾，因此格外低调。

海瑞疾恶如仇，铁面无私，一心为百姓做事，贪官污吏都害怕海瑞，平民百姓都敬爱海瑞。

35. 内阁纷争

穆宗继位以后听从徐阶的建议,尽力革除前朝弊政。后来徐阶因病辞官,高拱和张居正入朝掌政,这两人都是恃才傲物、目空一切的人,他们听闻海瑞正直严厉,不肯阿谀奉承,心中不免有些嫉妒。

海瑞做吴中巡抚仅仅半年就被弹劾多次,后被改任南京粮储。他到南京没多久又遭到言官攻击,无奈之下只好辞官离去。一直到张居正去世,海瑞才被重新召为南京右都御史。海瑞为官一生,始终两袖清风,深受百姓的爱戴。

再说内阁大臣高拱执掌朝政后,便起用门生韩揖(yī)等人为言官,肆意抨击官员,导致言路又开始堵塞起来。尚宝卿刘奋庸、给事中曹大野、大学士陈以勤等人都受到高拱倾轧,或遭贬谪,或称病离开。

边陲一带因任用了几个得力的将领,还算平安无事。当时戚继光被任命都督同知,总管蓟(jì)州、昌平、保定三镇的练兵事宜。戚继光镇守边关多年,因军纪严明,装备精良,士兵训练有素,令远近的敌寇闻风丧胆,不敢靠近。

后来,朝廷又任命曹邦辅为兵部侍郎,与王遴等人一起督御宣府、大同。都御史栗永禄镇守昌平,守护陵寝;刘焘屯兵天津,守卫通州粮储;总督王崇谷、谭纶负责统率谋略,戴才负责粮食的调

/ 146

35. 内阁纷争

配,彼此同心协力,边境一时无患。

而鞑靼部这时因为俺答色欲熏心,导致祸起萧墙,惹出了一场动乱。

原来俺答的第三子铁背台吉早年病逝,他的幼子把汉那吉被俺答的妻子一手养大。把汉那吉长大后与袄儿都司的女儿三娘子结成姻亲。三娘子是俺答的外孙女,她长得貌美如花,仿佛一个塞外王昭君。俺答被三娘子的美貌惊艳,竟设计霸占了三娘子。

把汉那吉得知妻子被抢,十分气愤,对部下阿力哥说道:"我的祖父抢走我的女人,而且强占外孙女为妻,真是猪狗不如。我不想再做他的孙子,现在只好另寻出路了。"

阿力哥问道:"能到哪里去呢?"把汉那吉回答:"不如去投降明朝。中国素来注重礼仪,一定不会发生这样乱伦的事情吧。"阿力哥点头赞同,连夜和把汉那吉一起逃到大同,叩响关门说要投降。

总督王崇古听说此事后力排众议,将把那汉吉迎接入关。他认为收留把汉那吉可以命他今后出塞对抗俺答部,到时候鹬蚌相争,渔翁得利。随后他向朝廷上奏表明自己的想法,穆宗同意了他的建议,下旨封把汉那吉为指挥使,阿力哥为正千户。

俺答的妻子担心中原人会诱杀爱孙,整天和俺答争吵,俺答也开始后悔,于是召集十万兵马侵略大明边境。无奈明朝早已派兵戒备,俺答攻无可攻,掠无可掠,只好派人向明朝廷求和。

王崇古命百户侯鲍(bào)崇德前往俺答大营谈判,说要以赵全等人做交换,朝廷才肯将把汉那吉交还。俺答一开始没有同意,只是问鲍崇德:"我的孙子把汉那吉现在处境如何?"

鲍崇德回答说:"朝廷已经封他为指挥使,连阿力哥也被封为正千户,怎么会不好呢?"俺答对鲍崇德的话半信半疑,暗中派人去大同查探。只见把那汉吉穿着蟒衣,戴着貂帽,骑着马,气定神闲,

俨然一副天朝命官的样子。

探子回来禀告俺答，俺答又感激又愧疚。他便对鲍崇德说："我其实不想作乱，只要大明天子封我为王，让我统辖北方各部落，我一定马上称臣，永不背叛。我死后，我的子子孙孙继承我的王位，世世代代依附中原。"

鲍崇德将俺答的意思转达给王崇古，王崇古将此事上奏朝廷。朝廷下旨送回把汉那吉，俺答也派人送回赵全等人，并派人入朝朝贡，发誓永不犯边。穆宗信守承诺下旨封俺答为顺义王，将他所在的城市取名为归化城。

此后，西塞各国都与明朝交好，边境一片安宁，根本不用守卫，这样的和平时间长达十几年。

穆宗在位六年，一切政令从简，宫廷内也崇尚节俭，每年节省下来的费用有几万两银子。只是穆宗不够严明，辅政的大臣相互倾轧（yà），逐渐形成风气，导致弊政丛生。

35. 内阁纷争

隆庆六年（1572年）闰三月，穆宗忽然发病，身体越来越弱。两个月后，穆宗已经病入膏肓，他立即召见高拱、张居正、高仪嘱托后事，并任命他们三人为顾命大臣。

不久，穆宗驾崩，享年三十六岁。穆宗死后，十岁的太子朱翊钧继位，历史上称他为神宗。神宗继位后，下旨改下一年为万历元年。

当时有个叫冯保的太监，在宫中很有权力。穆宗驾崩后，冯保假传遗诏，说自己和内阁大臣等人，一同被任命为顾命大臣。百官对此非常疑惑，但也没证据推翻他。后来，冯保奉旨掌管司礼监，又总督东厂的事务，权力越来越大。

高拱上奏弹劾冯保，请求减小司礼监的权力，并嘱咐言官合力上奏。张居正假意赞成，满口答应，暗地里却派人通知冯保，让他想办法自保。

冯保收到消息害怕极了，急忙跑到李太后宫中寻求庇护，并诬陷高拱专横跋扈，陷害自己。李贵妃听信了冯保的话，下旨将高拱贬官。

高拱听完圣旨，气得七窍生烟，险些晕了过去，随后他极不情愿地收拾行李离开了京城。不久，高仪也去世了。假公济私的张居正名正言顺地成为内阁首辅大臣，他一心想着整顿朝纲，以不负众望。

一天早上，神宗正要出乾清宫，突然闯出来一个神色慌张的男子，侍卫赶紧将其制服并将他押到东厂交由司礼监冯保。

经过冯保的审讯，那人招供说自己叫王大臣，是戚继光部下的小兵，因在军营犯了错被戚继光赶出来。为了报复戚继光，他闯入宫中假装行刺，然后再一口咬定幕后主使是戚总兵。

冯保得知真相后没有给王大臣定罪，而是想借机诬陷高拱，他派人暗地里威逼利诱王大臣，要他做伪证，说幕后主使是高拱。王大臣无力反抗，只好听命于冯保。冯保就将伪证呈上去，还将高拱的家人抓来问罪。张居正也在一旁煽风点火，请奏神宗追查此案，

主使。

后来,都察院左都御史葛守礼、吏部尚书杨博来到张居正家中请求他主持正义,不要冤枉好人。张居正却说此事由东厂负责,自己毫不知情。

葛守礼仍恳切地对张居正说:"如今之计,只有张大人出面才有转机啊!"

张居正迫于压力,只好答应出面帮忙。葛守礼和杨博这才放心,齐声说道:"这最好不过了,造福天下,名留青史,在此一举了!"

随后,张居正就入宫担保高拱无罪,请求神宗特派廉洁的大臣彻查此案。神宗于是命冯保与都督朱希孝、左都御史葛守礼一同审理此案。经过一番严刑逼问,王大臣终于说了实话,高拱也恢复了清白之身。

从这之后,高拱闭门谢客,不问世事,一直到万历六年(1578年)因病去世。

36. 一代名辅张居正

张居正手握大权之后，一心一意辅佐神宗，百官也都奉公守法，政体十分清明。

但内阁中除了张居正以外，就只有吕调阳一人，张居正难免会忙不过来，于是他引荐了礼部尚书张四维入内阁。

张四维经常带着礼物拜访张居正，年年如此，所以张居正力荐他入内阁。张四维对张居正格外谦恭，对着张居正都不敢自称同僚，两人倒像是上级与下级一般。

当时，蓟州总兵戚继光击败了朵颜部长董狐狸，生擒董狐狸的弟弟董长秃。戚继光让巡按辽东御史刘台上奏报捷。张居正认为巡按不能上报军功，于是弹劾刘台不讲规矩。

哪知刘台也上奏弹劾张居正，说他仗着位高权重作威作福，驱逐大学士高拱、私赠成国公朱希忠王爵，引用张四维等人为爪牙，排斥万士和、余懋学等人，这些都是欺君罔上的举动，应该降旨处分。

张居正自从入内阁之后，从没有遇到弹劾自己的奏折，如今遭人弹劾，当然勃然大怒，立即上奏请求辞官。

神宗急忙召张居正前来询问，张居正跪在神宗面前说："御史刘台说臣作威作福，臣平时确实有些如此，但想要维护国家统治就不得不监督百官。百官喜欢宽容不喜欢严厉，自然怀疑臣擅自专权。

臣处境两难,皇上不如赐臣回乡,才可避免生出祸端。"

说到这里,张居正竟然伏在地上哭起来,神宗赶忙将他扶起来,还答应逮捕刘台。张居正听后方才起身拜谢。

随后,神宗就下旨逮捕刘台并将他削籍为民。不久,刘台又被人诬陷,神宗下旨将他发配去浔州戍边。结果刘台刚到戍所就被人毒死了,朝廷并没有深究此事。

万历五年(1577年),张居正的父亲去世,讣告传到京师。神宗亲自写信劝慰,并送给张居正丰厚的赏赐。按照祖制,朝廷官员的父母过世,本人必须回家乡守制,期满之后才能再次入朝为官。

户部侍郎李幼孜(zī)想讨好张居正,就唆使一班大臣上奏留住张居正。冯保和张居正关系密切,也希望他留在朝廷。张居正担心自己退职后被人陷害,巴不得有人挽留他,但面子上过不去,只

好上奏请求奔丧。

那班趋炎附势的大臣见状陆续上奏，请求神宗留下首辅，神宗也就顺了大家的意思。于是张居正被恩准在家里裁决国事，不上朝堂。

谁知这时候，天上发生日食。编修吴中行、检讨赵用贤、刑部员外郎艾穆等人联名上奏，说张居正贪恋权位，蒙蔽圣听，因此招来天谴。

张居正得知消息，愤怒得不得了，当下通知冯保，让他上奏神宗，将那些弹劾他的大臣一律杖责。几天后，那些人果然都受到了杖刑。

张居正还乡后，神宗又起用大学士吕调阳等人，但是遇到大事无法裁决时，神宗就会派人到江陵报告，听取张居正的意见。

入夏之后，朝廷下旨召张居正还朝，张居正担心母亲经不起酷暑，请求等秋凉了再上路。神宗派人前去催促，并特地命人护送张居正的母亲从水路启程，张居正这才遵旨回朝。

张居正回朝后，格外勤勉，所有军国大事无不悉心筹划，还向朝廷推荐了许多有用的人才。张居正在位的这十几年里，国内外相安无事，一派祥和。

神宗渐渐年长，六宫中人逐渐增多，于是命令司礼监冯保挑选了三千五百名太监入宫当差。太监孙海、客用狡猾成性，善于奉承，很快得到神宗的宠信。

孙海和客用还偷偷带着神宗夜游别宫，饮酒寻欢作乐。冯保知道后立即禀报李太后。李太后大怒，将神宗狠狠训斥了一顿，还罚他抄写自己的罪诏。神宗跪下忏悔认错，很久之后才奉命退出。

训斥完神宗，李太后又下旨将孙海、客用两人逐出宫，并令冯保严厉监察内侍。神宗虽然不高兴，但也无可奈何。

一天，神宗在慈宁宫临幸了一名王姓宫娥，怕李太后怪罪，就

命王宫娥和内侍谨守秘密。但事情还是暴露了,在李太后的授意下,神宗下旨册封王宫人为恭妃。后来,恭妃成功诞下一位皇子,他就是神宗的长子朱常洛,后来继位为光宗皇帝。

皇子降生的时候,大学士张居正忽然身患重病,卧床几个月都没有好转的迹象。神宗只好命张四维等人掌管内阁中的事务,只有遇到大事时才派人到张居正府上请他裁决。

张居正开始还能带病工作,可随着病情加重,身体越来越虚弱,已经没法看文书了。半年后,张居正被疾病折磨得骨瘦如柴,奄奄一息了。自知死期将至,张居正向神宗举荐了原礼部尚书潘晟(shèng)和吏部侍郎余有丁代替自己,神宗立即恩准,命潘晟为武英殿大学士,余有丁为文渊阁大学士。

谁知刚上任五天,言官就上奏弹劾潘晟,神宗不得已将他罢官。不久,张居正病逝,神宗停止朝议凭吊张居正,并派司礼监护送张居正的灵柩回乡安葬，对张居正的家人也给予了丰厚的赏赐。

张居正一死，大太监冯保变得势单力薄。宫里的其他太监对冯保非常痛恨，一心想扳倒他，于是经常在神宗面前诋毁冯保。

后来，御史江东之率先弹劾冯保，言官李植又列出冯保的十二大罪状。神宗本就恨冯保，立即下旨将他贬为南京奉御，还令锦衣卫查抄了他的家，得到了数万巨资。此外，冯保的私党也大都被免官。

37. 立储风波

万历十四年（1586年）正月，神宗宠爱的郑妃生下一个儿子，神宗高兴极了，给皇子取名朱常洵，并封郑妃为贵妃。

大学士申时行等人认为皇长子朱常洛已经五岁了，生母恭妃却始终没有加封，而郑妃刚刚生下皇子就被晋封，足见郑妃受到神宗的专宠，将来必定会有废长立幼的事情，于是上奏请神宗册立太子。

神宗看完大臣们的奏折，马上提笔写道："皇子们都还小，过两年再册立也不迟。"批旨刚刚发下，户科给事中姜应麟和吏部员外郎沈璟立即上奏反对。

神宗勃然大怒道："朕册封贵妃，难道是为了立储吗？大臣们怎么能这样诽谤朕呢？"接着，神宗就下旨将姜应麟、沈璟贬斥。

不久，刑部主事孙如法又上奏进言，神宗再次动怒，将他贬为朝阳典史。后来，还有其他大臣上奏请求神宗立储，统统被罚夺去俸禄。

神宗被大臣们闹得心烦意乱，只好招申时行入内问话："朕的本意并不是废长立幼，为什么朝臣总是议论纷纷，屡次来烦朕。"

申时行回答说："陛下内心公正，臣相当佩服。只要陛下马上下诏，说明立储之后自当加封恭妃，而大臣们管好自己分内的事情就可以了，到那时议论自然就会平息了。"

37. 立储风波

神宗听后点点头,于是下令颁发诏书。谁知诏书一下,言官们的反应更加激烈,你上一言,我上一言,全部都是指责宫闱(wéi)、攻击朝廷的。神宗对此一概不理,那些奏折也全被扔进废纸篓。

万历十八年(1590年)正月,皇长子已经九岁。神宗召见申时行、许国、王锡爵等人来毓(yù)德宫,正式商议立储的事情。申时行等人一致认为应该册立皇长子为太子。神宗又推托说:"长幼有序,朕岂会不明白这个道理?但是皇长子还小,是不是再推迟一段时间?"

申时行等人继续说道:"皇长子已经九岁了,正是需要教化的时候。"神宗听后点点头,几个人这才叩头退出。后来,神宗宣皇子们入宫,让申时行等人见一见。

神宗将皇长子朱常洛喊到身边,问申时行等人说:"你们看这孩子面相如何?"

申时行等人看了片刻，齐声说道："皇长子一看就是人中龙凤，仪表不凡，足见是陛下的仁慈使后代昌盛啊！"

然后申时行等人又叩头说："这样一块美玉，陛下为何不早些琢磨，让他成器呢？"神宗听后点点头。

不料这事被郑贵妃知道了，她来到神宗面前又是撒娇又是嗔怪，弄得神宗无可奈何，低声下气求她息怒。郑贵妃要求神宗在神明面前发誓，将来一定立朱常洵为太子。神宗只好答应下来。

一段时间后，吏部尚书宋纁、礼部尚书于慎行等人又联名上奏请求立储，神宗不仅斥责这些大臣，还下旨夺去他们的俸禄。

不久，申时行等人再次上奏请求册立太子，神宗答应在万历二十年（1592年）举行册立大典。但又经过郑贵妃一番哭闹，神宗最后还是决定遵从誓言，不理会内阁大臣的抗议。

朝廷为了立储一事争论不休，不少大臣被贬斥，幸好西北塞外还算相安无事。王崇古、方逢时依次卸职后，吴兑继任总督。吴兑统领有方，各部落对他也十分敬畏，山西、陕西一带的百姓因此安居乐业，过着宁静的生活。

哪知到了万历二十年（1592年），宁夏地方出现了一个叫哱（bā）拜的人聚众作乱，明朝廷又与塞外动起了兵戈。

哱拜本来是鞑靼的部下，因得罪首领，投降了明朝。明朝接纳了他并安排他到守关将领郑印的帐下任职，因哱拜屡次立功，朝廷封他做了都指挥，不久又升任副总兵。后来，哱拜辞去官职，由他的儿子哱承恩继任。

凑巧洮河有警报传来，巡边御史周弘禴（yuè）推举哱承恩及指挥土文秀、哱拜的义子哱云等人出战。出发前，巡抚党馨奉总督郑洛之命土文秀去支援西部边境。哱拜担心土文秀一支援军不够，于是直接找到郑洛，自请让儿子带着自己的三千部下一同出征。郑

37. 立储风波

洛极力嘉奖,欣然同意了他的请求。

偏偏巡抚党馨知道后大为不满,他恨哮拜毛遂自荐,从此之后处处为难哮承恩。由于长久受到党馨的压迫,哮拜终于忍无可忍了,他鼓动军锋刘东旸率众发动叛乱,于是巡抚党馨、总兵张维忠等人都被杀。

刘东旸自称总兵,任命哮拜为谋士,哮承恩、许朝为左右副将,哮云、土文秀为左右参将,当下兵分四路,攻陷了玉泉营和广武,连破汉西四十七座碉堡。

总督尚书魏学曾立即命令副总兵李昫(xù)派兵围剿刘东旸等人。李昫派游击吴显、赵武等人出击,夺回了汉西四十七碉堡,只有宁夏各镇还被敌人占据。

这时,刘东旸(yáng)与河套酋长著力兔互相勾结,准备合兵攻平卤。不料平卤守将萧如薰早已设下埋伏,成功击退敌军,并射

死了哱拜的义子哱云。

朝廷收到捷报后提拔萧如薰为总兵，调麻贵为副总兵进攻宁夏，并赐给魏学曾尚方宝剑，让他见机行事。这时，御史梅国桢向朝廷举荐了李成梁之子李如松，说他忠诚勇猛可以担当大任。于是朝廷任命李如松为宁夏总兵，梅国桢为监军，率军进攻宁夏。恰好当时宁夏巡抚朱正色，甘肃巡抚叶梦熊也先后率兵赶到宁夏城下。魏学曾与叶梦熊定下一计：毁坏黄河堤坝，以水灌城。

几天之后，黄河水漫延到了北关，宁夏城的城墙竟然崩裂了好几丈。李如松、萧如薰乘机带着精兵去攻打南关，明兵奋勇杀敌，很快攻下南关。

后来，梅国桢使了一条离间计，成功挑拨了刘东旸、土文秀和哱承恩的关系，在内斗中土文秀、刘东旸、许朝三人相继毙命。哱承恩将这三人的头颅挂在城墙上向李如松投降。

李如松进了城，派人抓捕了哱承恩，接着带兵围攻哱拜。哱拜自知难逃一死，就在家里放了一把火，随后自缢（yì）身亡。参将李如樟见哱拜家里起火，急忙带兵攻入，生擒了哱拜的次子哱承宠和同党。

叶梦熊派人向朝廷报捷，神宗随即下旨将哱承恩、哱承宠等人处死。朝廷认为李如松这次立了大功，特地加封他宫保头衔，萧如薰等人也各有封赏。自此宁夏叛乱被平定。

明 | 38. 壬辰之役

当时在东方,朝鲜国遭到倭寇蹂躏,朝鲜王李昖(yán)心急火燎地派人向大明求救,神宗不得不派人东征,一场战争又在所难免。

朝鲜以前叫作高丽国,明太祖时期,李成桂是朝鲜国主,与中国交好。后来明太祖封李成桂为王,朝鲜就成了中国的藩属。朝鲜与日本只隔了一道海峡,两国一直互通贸易,来往非常频繁。

到了神宗时期,日本出了一个叫平秀吉的人,他统一日本后派人到朝鲜逼迫他们朝贡,还唆使朝鲜攻打大明,可朝鲜王李昖根本不买平秀吉的账。见朝鲜不肯归顺,平秀吉直接带兵攻打朝鲜。

朝鲜很久没有打仗了,国王李昖又沉湎酒色,很久不理政事。朝鲜上下听闻日本兵到来,全都吓得不知所措,望风而逃。日本兵进一步,朝鲜兵就退一步,朝鲜王李昖见状竟然放弃王城逃到平壤去了,随后又逃到义州。

日本兵攻入朝鲜王城,俘虏了王子和大臣,毁去陵墓,抢掠府库,四处侵略。京畿(jī)、江原、黄海、全罗、庆尚、忠清、咸镜、平安八道几乎全被日本兵占领。朝鲜王李昖急得没办法,接连向大明求援。

明朝廷收到朝鲜王的求救信后立即派使臣薛潘到朝鲜传话,说

大明的救兵很快就来了,让他们不要害怕。

朝鲜王李昖眼巴巴望了好几天,哪知明朝廷只派来一支两千人的游击队。而且这支游击队刚到平壤就中了日本兵的埋伏,被杀得所剩无几。

明朝廷得知战败的消息非常震惊,又派出兵部右侍郎宋应昌带兵攻打日本兵。宋应昌到达山海关后征调人马,一时难以集齐;朝廷又派李如松为东征提督,让他的弟弟李如柏、李如梅等人一起到辽阳和宋应昌会师。

李如松到了平壤后没有轻举妄动,而是仔细研究地形。第二天黎明,他派出一支兵马去攻打牡丹峰,其他兵马则分队攻打平壤城,唯独不进攻西南角。

又过了一晚,李如松亲自率军攻打平壤城,一阵猛攻之后,双方仍旧相持不下。忽然,平壤城的西南角有明军蜂拥而上,吓得日本兵措手不及,急忙分兵抵抗。李如松见日本兵阵脚大乱,随即派

38. 壬辰之役

人登上小西门,他自己则带兵从大西门杀入。

经过一番激战,日本兵终于支撑不住,弃城逃跑,他们渡过大同江回到龙山。而明兵越战越勇,相继收复黄海、平安、京畿、江原。

李如松连胜日本兵,渐渐开始轻敌,变得趾高气扬。当时,有朝鲜兵来报,说日本兵已经放弃了朝鲜的京城,李如松大喜,赶紧带着部下赶往碧蹄馆查探虚实。不料日本兵早已在此埋伏,李如松等人中计,结果损失惨重,队伍退驻到开城。

后来,李如松得知日军在龙山囤积了数十万石粮食,于是招募死士,纵火烧掉了日军的粮仓。日军没了粮食,只好派人向明军议和。明朝廷让日本交还朝鲜王城和王子,日军表示同意,随即放弃了王城,送回朝鲜王子以及俘虏的大臣。

不久,日本派使臣小西飞入朝,想与明朝廷商议封贡事宜。小西飞来到京城后,朝臣大多对他非常冷漠,只有石星以礼相待。

明朝廷对小西飞提出三个要求:一是勒令日本人全部回国;二是授封之后不必给予贡品;三是日本要宣誓永不侵犯朝鲜。小西飞听后一一答应。

明朝廷随即派人前往日本给平秀吉授封。起初平秀吉还以礼相待,跪拜受封,后来因为朝鲜王只派州判前去祝贺,惹得平秀吉大怒,再次发兵攻打朝鲜。

神宗得知消息,立即派水陆大军救援朝鲜。水陆军分为四路,中路由李如梅带领,东路由麻贵带领,西路由刘綎(tīng)带领,水路由陈璘(lín)带领,四路并进,直扑日本的大营。谁知四路大军满怀信心出战,全部失败而回。

两军相持数月后传来平秀吉病死的消息,日军开始全线撤退。明军将领陈璘、麻贵等人这才鼓起勇气追击,日军无心恋战,统统

抱头鼠窜,扬帆东去。

日本侵略朝鲜七年,明朝廷损失兵力数十万,耗费粮饷数百万。直到平秀吉去世,这场战争才结束。

外事稍稍安定,朝中又开始争论起国本的问题。

万历二十一年(1593年),王锡爵入宫上奏,请求神宗册立太子。神宗回答他说:"朕虽然下了在春天册立东宫的旨意,但朕昨日读到祖训,应该立嫡不立庶。要是皇后生了儿子怎么办呢?朕打算先将长子和两个皇子一起封为王,等几年后要是皇后还没生出儿子再册立也不迟。"

当时王恭妃生下长子朱常洛,郑贵妃生下皇子朱常洵,周端妃后来也生下皇子朱常浩,于是神宗想出三王并封的办法。

圣旨下来之后,朝中大臣又开始议论纷纷。礼部尚书罗万化邀请赵志皋、张位等人联名上奏,请神宗收回成命,神宗没有准奏。

后来,王锡爵自请罢官,求神宗收回成命,神宗这才取消了并封。不久王锡爵又申请教皇长子读书,神宗于是命皇长子朱常洛出阁讲学,辅政大臣轮流当值,一切都仿照东宫的惯例。

第二年,王锡爵辞官回乡,神宗命礼部尚书陈于陛(shēng)、南京礼部尚书沈一贯入内阁参政。陈于陛入内阁后与赵志皋(gāo)、张位等人相处融洽,只是神宗深居简出,拒绝纳谏,陈于陛都没机会见神宗一面。

当时京城发生地震,淮河水决堤,湖广、福建发生大饥荒,乾清宫、坤宁宫也突然发生火灾,仁圣皇太后陈氏因受到惊吓驾崩。

天灾人祸纷至沓来,神宗还全然不知,他甚至派人四处去开矿,要是挖不到矿就勒索百姓补偿。后来,神宗又增设各省的税使,征收苛捐杂税,全国百姓的生活变得困苦不堪。

陈于陛为此殚(dān)精竭虑,屡次请求面见神宗都没有被准许,

38. 壬辰之役

没多久他就因积劳成疾,郁郁而死。不久,赵志皋也因病去世,神宗又起用礼部尚书沈鲤、朱赓入内阁办事,以沈一贯为内阁首辅。

转眼到了万历二十八年(1600年),皇长子朱常洛已经年近二十。群臣又请奏神宗册立太子,神宗一概不理睬。一年后,阁臣沈一贯再次请奏神宗册立储君,神宗这次有些动摇了。

这时,郑贵妃拿出当年神宗写下要立朱常洵为太子的誓书。神宗接过打开一看,发现誓书已被蛀虫咬坏,而且"常洵"两个字变得一笔都不留了。

神宗叹息道:"天命如此,朕也没办法啊!"此话一出,郑贵妃料到事情有变,竟然气得在地上打滚,破口大骂,像个泼妇似的。神宗看不下去,大步离开了。

随后,神宗召见沈一贯起草诏书,宣布立朱常洛为太子。谁知第二天神宗又下旨说要更改册立日期,后经沈一贯一再劝阻,这才在次年十月十五日举行了立储大典。

39. 不受宠的太子

皇长子朱常洛被立为太子之后，神宗又接着封其他皇子为王。第二年正月，神宗册立郭氏为太子妃。但太子的生母王恭妃仍然没有被加封。王恭妃一个人住在幽宫，她整日感伤落寞，伤心流泪，渐渐双目失明。

万历三十四年（1606年），太子的选侍王氏生了一个儿子，取名朱由校。神宗喜得长孙非常高兴，加封王恭妃为贵妃。王贵妃虽然被加封，但依旧被神宗冷落，就是自己的儿子也不能时常相见。

时间一天天过去，王贵妃抵不住这孤单寂寞，渐渐抑郁成疾，卧病不起。

太子听闻母妃病重，请旨前来探望，不料宫门都被锁了。等太子找来钥匙打开门一看，只见母妃躺卧在床上，面容憔悴，连话都说不清楚。见此情景，太子心如刀割，忍不住大哭起来。

王贵妃听到哭声清醒过来，她用手扯住太子的衣服，呜咽道："你是我的儿子吗？"太子哭着说是。

王贵妃伸手摸了摸太子的头，半天才说："我的孩子啊，为娘一生困苦，只剩下你这一脉骨血了。"太子扑到母妃怀里，热泪盈眶。

王贵妃又哽咽说道："我的孩子都长这么大了，我死而无憾了。"说完这句话，王贵妃便去世了。太子抱着母妃一直哭泣，还是神宗

39. 不受宠的太子

召他入内好言相劝才止住悲伤。

郑贵妃得知王贵妃的死讯，又开始觊觎（jì yú）太子之位。福王朱常洵本来应该前往洛阳的封地，群臣屡次催请他上路，都被郑贵妃暗中阻止。

朱常洵大婚时，排场阔绰，花费巨大。而且他还在洛阳建了一座王府，规模和宫廷差不多，花费的钱财高达二十八万，是普通亲王的十倍。总之，他的起居饮食和太子比起来不知好多少倍。

等洛阳府建成后，大臣们又多次上奏请福王前往封地，神宗却一直将时间往后拖延。后来，兵部尚书王象乾向神宗上了一奏，神宗无法反驳，只好说亲王上路按照惯例都是在春天，现在已经晚了，等到明年春天再去。

不久，宫内传出消息，说福王到藩地的时候，要给四万顷庄田，满朝文武都大吃一惊。因为亲王去封地给予的庄田最多不能超过

一千顷,福王现在要求四万多顷,实在令人咋舌。

内阁大臣叶向高立即上奏抗议,神宗却回复道:"田庄的事情之前就有成例。"叶向高又上奏说:"太子已经辍学八年,而且很久没有见过陛下,福王却能一天见陛下两次。但愿皇上能坚守明年春天的约定,不要再以庄田做借口。"

正巧这事传到了李太后耳中,她随即召郑贵妃到慈宁宫,命令郑贵妃催促福王前往封地。郑贵妃碰了李太后这个大钉子,只好唯唯听命。

万历四十三年(1615年)二月,李太后驾崩,宫廷内外相继哀悼。郑贵妃还想留住福王,就怂恿神宗下诏改期,但叶向高再三劝阻,福王才终于启程。

福王去了封地以后,神宗又四次召他回来,还与他约定三年回朝一次,并赐给福王两万顷庄田。因为中州肥沃的土地本来就少,这两万顷庄田还是从山东、湖广那边割过来的。此外,神宗还赐给福王一千三百引淮盐,让他可以开店买卖。

得了这么多的恩赏福王还不满足,他又请求神宗将大学士张居正被没收的家产和江都至太平沿江各州的杂税,还有四川的盐井、榷茶银都给他。神宗爽快地答应了福王所有的要求。

相比之下,神宗对待太子就非常薄情了。除了神宗主动召见,其余时间太子根本见不到自己的父亲,父子两人就像陌生人一样。

第二年五月,忽然有一名莽汉闯入太子居住的慈庆宫,他逢人便打,闹得慈庆宫一片混乱,幸好内官韩本用及时带人将莽汉拿下。

第二天,太子将此事汇报给神宗,神宗命巡城御史刘廷元审讯犯人。一番审问后,那莽汉只说清楚了自己叫张差,是蓟州人,其他的话都颠三倒四,让人听不明白。刘廷元见问不出什么来,就奏

39. 不受宠的太子

请神宗派人另审。于是神宗又命刑部郎中胡士相、岳骏声等人复审。

这次张差似乎清醒了很多，他回答说："李自强、李万仓等人烧掉了我的柴草，我十分气愤，打算到京城告状。我是从东门走进来的，但不认识路，只好一直向西走，半路上遇到两个男子给了我一根木棍，说拿着它就可以申冤了。我当时一下疯迷了，闯入宫中打伤了许多人，最后被抓了。"

胡士相等人听了他的话还是难以下结论，认为他是疯癫之人，于是按照刘廷元之前的奏折复旨。内阁大臣和刑部商议后打算按殿前伤人罪将张差处斩。

奏折还没来得及递上去，提牢主事王之寀有新的线索上报。原来王之寀在给犯人分发饭菜时觉得张差不像疯癫之人，于是威逼他说出实情。

张差供出自己是受一位老公公的指使入宫行刺，事成之后会得到一些田地。而当王之寀问张差那个老公公是谁时，张差又开始装疯卖傻，答非所问。王之寀只好先录下供词。后来，户部郎中陆大受、御史过庭训上奏请求神宗亲自审讯，神宗都没有答复。

员外郎陆梦龙认为此事关系重大，于是亲自去诱供，最后张差供出他的所作所为是受郑贵妃手下的太监庞保、刘成指使。

陆梦龙马上派人调查取证，并请司法提审庞保、刘成。经核实，张差说的基本无误，给事中何士晋直接上奏弹劾郑贵妃和她的哥哥郑国泰。

神宗收到奏折也非常为难，他来到郑贵妃宫中对她说道："群臣愤愤不平，朕也不便替你开脱，你自己去求太子吧！"

郑贵妃听后，急忙跑去向太子哭诉求情，甚至屈膝向太子跪下。太子慌忙答礼，连声答应会为她调解此案。接着，太子便奏请神宗速令刑部办理此案，不要再株连其他人了。

几天后,张差案终于结案,神宗下令将张差凌迟处死,庞保、刘成被杖毙在宫中。王之寀被徐绍吉等人弹劾,削职为民,何士晋受牵连也被外调。

神宗久居深宫,不见百官已经二十五年了,这次因为张差一案总算见了百官一回。

40. 强劲的外敌

世宗、神宗年间,女真诸部时叛时降,搅得北方边境鸡犬不宁。皇帝龙颜大怒,调派辽东总兵李成梁率部征讨。

万历十一年(1583年),明军联合图伦城(今辽宁省抚顺市境内)城主尼堪外兰,围攻建州右卫头目阿太,建州左卫领袖觉昌安、塔克世父子前往相助。结果三人中了明军的计谋,相继死于乱军之中。

几日后,努尔哈赤收到祖父和父亲的死讯,顿觉五雷轰顶。一怒之下,他以祖辈遗留的十三副甲胄起兵,毅然发动复仇之战。

尼堪外兰屡战屡败,狼狈逃入明朝边城。努尔哈赤于是写信给明朝边将,要求明朝归还祖父、父亲尸首,并捉拿尼堪外兰。

神宗无意激化矛盾,下令归还觉昌安、塔克世的尸首,并册封努尔哈赤为建州卫都督、龙虎将军。明朝边将见风使舵,也不再为尼堪外兰提供庇护。

努尔哈赤成功在白山黑水间崭露头角,借着这股东风,他招兵买马,不断吞并其他部落,扩大自己的地盘。

海西女真叶赫部惶惶不安,赶忙联络哈达部、辉发部、乌拉部、纳殷部、珠舍哩部及蒙古锡伯部、科尔沁部、卦勒察部,想要挫败越发危险的建州女真。

面对来势汹汹的九部联军,努尔哈赤指挥若定,杀得敌人丢盔弃甲。各部首领偷鸡不成蚀把米,陆续投降努尔哈赤,唯独叶赫部除外。

万历四十四年(1616年)正月,努尔哈赤建立金国。两年后,他以"七大恨"祭告天地,正式与明朝决裂。

不到一年,抚顺、清河等地接连陷落,明朝守将张承荫、邹储贤及数万军民战死疆场。

神宗怒不可遏,急调兵部尚书杨镐(hào)携尚方宝剑坐镇辽东。然而,关外局势糜烂,已然到了崩溃边缘。杨镐纵有三头六臂,也难以在短时间内扭转乾坤。

转眼间,冬去春来。神宗及大学士方从哲等人妄想速战速决,连连催逼前线将帅。杨镐无法可施,只能硬着头皮进袭金国。

努尔哈赤侦知明军动向,迅速调动全国兵马迎战。很快,双方在萨尔浒(今辽宁省抚顺市东)一带展开激战。但因兵力过于分散,

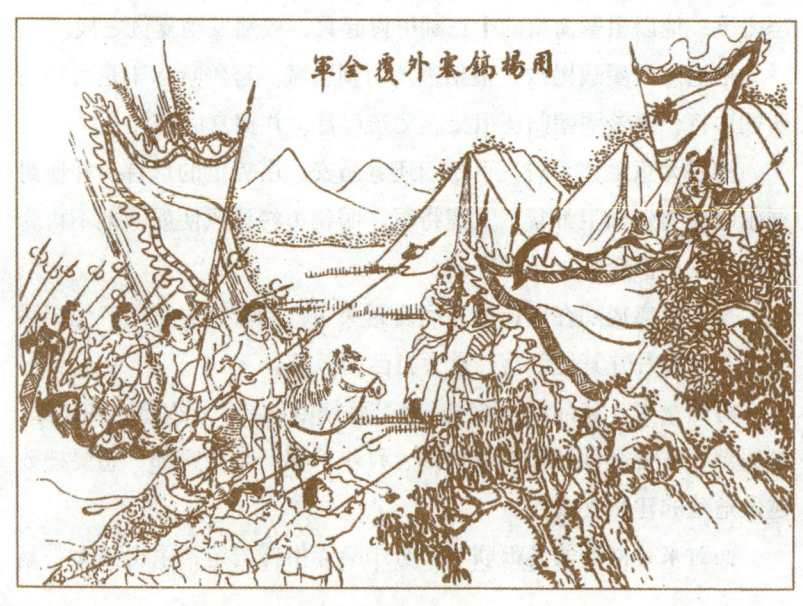

40. 强劲的外敌

再加上情报泄露，总兵官马林、李如柏所率的北路军、东路军大败溃输，杜松、刘铤麾下的西路军、南路军更是死伤殆尽。

朝中御史获知杨镐兵败，纷纷上奏弹劾。神宗失望至极，遂将杨镐关进监狱，另派兵部侍郎熊廷弼（bì）经略辽东。

彼时，铁岭失陷、沈阳告急，关外军民莫不沦为丧家之犬。熊廷弼为了整肃军纪、稳定民心，刚一到任就处死了逃将刘遇节、王文鼎、王捷及贪将陈伦，并把拥兵自守的镇辽总兵官李如桢（zhēn）革职查办。待到情势稍稍好转，他又组织士卒置办战车火器、加固城防，把原本千疮百孔的辽东防线打造得如同铁桶一般。

努尔哈赤看见明朝边境守军一日强过一日，又听闻神宗调拨了十八万精兵出关支援，不得不减少对明廷的侵扰，转而攻打日薄西山的叶赫部。

边境战事日益吃紧，方从哲及礼部尚书赵焕（huàn）等一众高官一再敦请神宗上朝理政，怎奈神宗始终避居深宫不出。

万历四十八年（1620年）七月，神宗病入膏肓。弥留之际，他召见方从哲和英国公张维贤、吏部尚书周嘉谟（mó）、户部尚书李汝华、兵部尚书黄嘉善、礼部右侍郎孙如游等人，嘱托他们用心辅佐新君。

几天后，神宗于弘德殿内溘（kè）然长逝。太子朱常洛依循遗诏，由皇帝私库中拨发二百万两白银充作军饷及抚恤金，并将祸国殃民的矿监、税使悉数罢免。

八月初一，朱常洛继承大统，史称"光宗"。方从哲欣喜之余，却也感到国事多艰、独木难支，遂请光宗尽快增补阁臣。

41. 皇宫的斗争

光宗初登大宝,听从方从哲的举荐,提拔沈潅(què)、史继阶为礼部尚书,入职内阁,后又将礼部侍郎何宗彦、刘一燝、韩爌(kuàng)及吏南京礼部尚书朱国祚(zuò)通通提拔为礼部尚书兼东阁大学士,并把前首辅叶向高召回京城。

郑贵妃见光宗的皇位越坐越稳,担心他会报复自己,便想尽办法讨好他。郑贵妃挑选了八名美人,将她们装扮得光鲜靓丽后送给光宗。

光宗一向仁厚,并不似太祖、成祖那般心狠手辣。更何况,有几个皇帝能抵挡得住美人计的诱惑?他既得了贵妃厚礼,又怎好再秋后算账?

侥幸逃过一劫后,郑贵妃不思安分守己,反倒得寸进尺,打起了太后宝座的主意。

光宗恼恨郑贵妃逼死生母王恭妃,所以百般拖延。奈何枕边人李选侍觊觎皇后之位,早就和郑贵妃结为同盟。两人互为援手,居然缠得光宗回心转意。

方从哲身为宰辅,本该竭力拨正后宫乱局。可他生性柔弱,担心惹祸上身,竟把封后的旨意原封不动地送往礼部。好在孙如游胆粗气壮,据理力争,郑贵妃这才没有得逞。

41. 皇宫的斗争

眼看煮熟的鸭子飞了，郑贵妃与李选侍全都怏怏（yàng yàng）不悦。可还不等她们设法补救，宫中就突然传出光宗病重的噩耗。朝野上下心如火焚，更加懒得理会二人的小算盘。

十四日，执掌御药房的司礼监秉笔太监崔文升进献大黄等泻药，结果弄巧成拙，害得光宗一昼夜内腹泻三四十次。京城百姓不明真相，大都怀疑郑贵妃唆使崔文升谋害光宗。

王恭妃及郭皇后的父兄子侄惴惴不安，匆忙拜访京中大员，试图借助朝臣的力量惩奸除恶。给事中杨涟（lián）、御史左光斗等人忧心社稷，立即责令郑贵妃的侄子郑养性出面调停。

郑贵妃并不在意外朝聒噪，却禁不住侄子动之以情，晓之以理。犹豫再三后，她决定移居慈宁宫，并下诏撤销册封的旨意。

杨涟得偿所愿，自是意气风发。紧接着，他又趁热打铁，弹劾胡乱用药的崔文升。这番不畏强暴的忠义之举，犹如一道惊雷，不仅搅得满朝文武思潮起伏，还引起了光宗的格外注意——接连两日，光宗召见张维贤、方从哲等朝中重臣，杨涟官卑职小，却也在觐见之列。

光宗此刻病魔缠身，鸿胪寺丞李可灼不知从何处寻来一剂偏方，忽然奏称："臣有灵丹圣药，可保陛下万寿无疆。"

阁臣们常听人讲"是药三分毒"，因此不敢轻信。偏偏光宗病急乱投医，竟把奇谈怪论奉为圭臬。

李可灼诊脉之后，很快献上一粒红丸。光宗吃了一粒，觉得身轻体健。有内侍出来对众位大臣传话，"圣上服药后，现在已经不气喘了，四肢也变得暖和起来，想着要吃饭，现在正在极力称赞李可灼的忠心呢。"诸位大臣听完后，纷纷雀跃而去。

到了傍晚，诸位大臣又到宫门口候着了，刚好看见李可灼出来，急忙问："圣上的身体现在怎么样了？"

李可灼说:"皇上服了药,觉得很舒畅,怕药力衰减,就又吃了一粒,现在圣体已无大碍。"

众人听闻喜讯,只道新君大难不死,必有后福。不承想,当天晚上光宗便带着满腔的遗憾撒手人寰。

由于事出意外,宫内宫外全都乱作一团。李选侍临机制变,伙同心腹宦官李进忠挟持太子朱由校,妄图震慑百官,染指朝政。

东宫伴读王安见势不妙,用言语哄骗住李选侍,急匆匆牵着太子走出宫门。李进忠命人追回太子,但被赶到的张维贤、杨涟等人喝退。

李选侍竹篮打水一场空,当然不肯善罢甘休。可辅臣们吃一堑,长一智,早就调了锦衣卫都指挥使骆思恭带兵护驾,李选侍等人的阴谋这才无法得逞。

但李选侍一直霸占着乾清宫不肯搬出去,左光斗、杨涟、方从

41. 皇宫的斗争

哲等人多方施压、屡次催请都无济于事。

李选侍想请太子从中转圜（huán）。可朱由校素来将她视作凌虐生母王才人的罪魁祸首，恨不得除之而后快，岂肯以德报怨？太子当即下了一道旨意，斥责李选侍的罪状，命令她迁居哕（huì）鸾宫。

旨意一下，李选侍走投无路，只得放弃幻想，带着幼女搬进了专供妃嫔养老的哕鸾宫。

明 42. 奸臣当道

话说这李选侍迁宫之后不久,哕鸾宫就起了一场大火。

火势蔓延得极快,幸好侍卫们迅速反应过来,救出了李选侍母女俩。但是宫里的金银珠宝没能及时撤走,全都被大火烧了个干净。

哕鸾宫的宫人们担心被治罪,大着胆子到处造谣,要么说李选侍母女被大火烧死,要么说火灾发生之前李选侍母女就已经毙命。谣言传到了民间,甚至开始有人议论是刚即位的熹宗有意为之。熹宗不得不颁旨昭告臣民,说李选侍母女一切平安。

在红丸案中,光宗服用了李可灼亲手制作的红丸一命呜呼,李可灼难辞其咎。熹宗本来已经将李可灼发配到边疆,后来又因为一个人的话,轻易释放了李可灼等人。

这人,便是宦官魏忠贤。

魏忠贤原名叫魏进忠,十分善于巴结。他进宫之后靠着一张巧嘴和一双善于察言观色的眼睛,慢慢成了熹宗跟前的红人。熹宗那时候还是太子,玩心很重,魏进忠便找了许多玩意供太子取乐。

等熹宗登基之后,给事中杨涟弹劾魏进忠迷惑皇帝玩乐。司礼监王安同情魏进忠,便跑到熹宗跟前谎称杨涟认错人了,极有可能把李选侍宫里的李进忠错认成魏进忠。

熹宗不知是深信不疑,还是找到了合适的台阶,不仅消除了魏

42. 奸臣当道

进忠的罪名，还将他改名为魏忠贤。之后，魏忠贤勾搭上了熹宗的乳母客氏。明熹宗不仅允许两人结为夫妻，还连带着两人的族人一并加官晋爵。

王安发现魏忠贤和客氏两人狼狈为奸，在宫内横行霸道，懊悔当初举荐错了人。这时有御史弹劾这两人，王安便顺水推舟，请求熹宗让魏忠贤反省，安排客氏出宫。

客氏不情不愿地出宫后，又在熹宗的默许下，偷偷潜了回来。刚好有个叫王体乾的太监，想顶替王安做司礼监，和魏忠贤、客氏等人一拍即合。于是三人便联合设计陷害王安，还假传圣旨逼迫王安自尽。

王安死后，司礼监的职位落到了王体乾的头上，魏忠贤和他以及一众党羽在宫中越发肆意妄为。

魏忠贤甚至多次假传圣旨，迫害了不少妃嫔和臣子。奇怪的是，熹宗竟然从未察觉。

原来，熹宗十分沉迷木工活，还造出了一个小小的乾清宫。魏忠贤往往趁熹宗沉迷做木工的时候，故意向他请示旨意。久而久之，熹宗不耐烦起来，就让魏忠贤代为批阅奏折。

先前，魏忠贤的权力仅限于批示例行的公事，现在可好，与要紧政事有关奏折也一并交到了魏忠贤的手上，他自然是按照自己的心意去批改。

自此之后，明朝廷渐渐腐败堕落。而魏忠贤的势力，除了在京城只手遮天，其爪牙也迫害到数千里外的辽东。

先前经略熊廷弼在辽东修建边防，让清兵没有可乘之机，军事防御可谓是可圈可点。而熊廷弼此人刚正不阿，不肯贿赂巴结宫中的内侍宦官，魏忠贤对他一直记恨在心。

魏忠贤大权在握之后，曾经派出给事中姚宗文前往辽东。姚宗

文此行明面上是阅兵,实际上是向熊廷弼收受贿赂。可熊廷弼软硬不吃,反而把姚宗文冷落在一旁。

姚宗文回到京城之后,马上添油加醋地向熹宗告熊廷弼的黑状。熹宗此时已然听风便是雨,便听由魏忠贤的建议,把熊廷弼撤了职,任用文官袁应泰为辽东经略。

袁应泰此人只会纸上谈兵,他到了辽东之后,不仅胡乱更改熊廷弼定下的规矩,还主动招降满洲的灾民,让他们定居辽阳、沈阳,企图用行动感召他们诚心归顺。

没想到的是,清太祖趁此机会召集军队,跟沈阳城的灾民里应外合,不费吹灰之力便攻下沈阳,接着挥兵直指辽阳。袁应泰收到警报急忙登上辽阳城墙,本意是鼓舞士气,没想到士兵们起了内讧,一个个都争先恐后地逃走了。

辽阳被攻破,袁应泰悲愤自尽。明朝廷眼看辽东情况紧急,只能厚着脸皮请出熊廷弼主持辽东军务。熊廷弼快马加鞭赶到了山海关,却跟辽东的巡抚王化贞在攻与守的战略上出现了分歧。

原来,王化贞主张立即从清兵手里夺回失陷的城池,而熊廷弼主张原地镇守,两人争论不休。又因为辽阳都司毛文龙收回镇江城,王化贞底气大增,直接上疏朝廷,夸大辽东军的战功,要求立刻乘胜追击。

明朝廷离辽东山高水远,对于辽东的战况也仅仅是依靠王化贞的战报得知。兵部尚书张鹤鸣听了王化贞的捷报之后,有心压制熊廷弼,不仅把权力重心偏移到王化贞的手上,还催促熊廷弼尽早出兵。王化贞收到朝廷的回信得意忘形,还扬言仅需六万明军便可荡平满洲国。

这个时候,清兵也渡过了辽河,两军交战在即。

没想到的是,王化贞的手下爱将孙得功叛变满洲,不仅谎称满

42. 奸臣当道

洲战败，还逃回广宁做了清兵的内应。物资丰富的广宁城，就这样轻易被清兵夺下。

王化贞本来就分拨了不少的兵力给孙得功等人，此时身边仅有熊廷弼一个后援。而熊廷弼手上也不过五千兵马，关键时刻只能全部拱手相让。

熊廷弼刚护送明朝十万难民入关，就收到了一道问罪的圣旨。

# 43. 党狱惨案

这次山海关一役惨败，明朝廷认为罪在王化贞、熊廷弼二人，把他们召回京城之后，就关进了监狱听候发落。兵部尚书张鹤鸣担心自身安危，找了个借口辞官。

京城的兵部尚书一职空缺，辽东也不能一日无主。熹宗便任命自己的老师孙承宗担任兵部尚书兼东阁大学士，任命王之晋担任辽东经略。但这王之晋上任后表现平平，孙承宗便请命督师。

孙承宗到了山海关，制定严明的军制，加固城墙的防御，又日夜勤练军队。孙承宗还派人开垦荒地，种上蔬菜粮食自给自足，可谓是面面俱到。他这气势震慑了周围的清兵，让他们只敢在关外驻营，丝毫不敢进犯。

东北边境稍稍稳定的消息传到京城，朝廷上下无不松了一口气。明熹宗也提起精神，开始治理朝政。而此时的魏忠贤已经是只手遮天，不仅无端残害忠臣，就连熹宗也要看他的脸色。魏忠贤也由司礼秉笔监升任东厂提督。

眼看着魏忠贤越来越肆无忌惮，杨涟便写了一封奏折，细数了魏忠贤的二十四条罪名。

魏忠贤早早收到消息，便联合客氏在熹宗面前上演苦肉计，并扬言要辞官以证清白。糊涂的熹宗自然是轻信了这两人，还下了一

43. 党狱惨案

道意味明显的圣旨，要求诸位大臣不得随意上奏。

这道圣旨一出，群臣哗然。紧接着，上百封奏折如同雪花一般飘向皇宫。大学士叶向高和礼部尚书翁正春来到熹宗跟前，请求暂时安排魏忠贤出宫，以此安抚群臣，可熹宗过度宠信魏忠贤，对于群臣的意见一概不理。

工部郎中万燝愤慨之下，写了一封言辞激烈的奏折，大意是朝廷上下都觉得魏忠贤比皇帝还厉害，这种人怎么能留在身边？

魏忠贤看了这封奏折，气得又拟了一道假圣旨，下令杖责万燝一百下。魏忠贤派去传圣旨的太监，都是他的耳目。还没等万燝被带去衙门，就已经在半路被这些太监打了个半死。等万燝从衙门出来之后，已经是皮开肉绽、伤痕累累，没多久便死了。

御史林汝翥因为严惩太监抢劫百姓一事，也被魏忠贤添油加醋地禀报给熹宗。林汝翥担心自己小命难保，便躲了起来。太监们以为林汝翥逃到了大学士叶向高的家里，竟不由分说地径直闯进叶府要人。

叶向高气得不轻，上疏熹宗请求辞官。恰恰是叶向高的这道奏折，保住了林汝翥的性命，使得他仅仅受了杖责。而叶向高知道自己无力挽回明朝廷的腐败，短时间内接连写了二十几道奏折，请求辞官回乡。

话说杨涟，他带头参了魏忠贤一道，魏忠贤自然不会轻易放过他。魏忠贤有一份名单，上面写的是反对他的人。每当魏忠贤稍起心思，都会假传圣旨，以莫须有的罪名责罚名单上面的人。

而杨涟、左光斗、袁化中、魏大中、周朝瑞、顾大章六人，因为反对声最为激烈，被魏忠贤陷害入狱，接连惨死狱中。魏忠贤惩处这六人之后，愈加变本加厉，开始私下滥用刑罚，逐个铲除异党。其中，首当其冲的便是东林党人。

　　这东林党的前身是东林书院,由前吏部郎中顾宪成等人所创。由于书院里的人在讲课的时候,经常提到明朝时政,其中不乏抨击魏忠贤的言论,名声流传得很广。但也因此遭到了魏忠贤的迫害,东林党人几乎被屠杀殆尽,连同全国各地的书院都废除了不少。

　　有些官员则见风使舵,争先恐后地学苏杭织造李寔、浙江巡抚潘汝桢创办魏氏祠堂的做法,在废弃的书院上建立起新的魏氏祠堂。这些魏氏祠堂每日有人烧香上供,如同供奉活佛一般摆上魏忠贤的牌位。

　　这般目无王法的做派激起民愤,民众纷纷指责东厂滥用私权。魏忠贤发觉即使屠尽东林党人,也堵不住悠悠众口,一时间倒也收敛了不少。只可惜那些无辜枉死的东林党人,许久之后才沉冤得雪。

# 44. 魏党倒台

先前说到孙承宗镇守辽东,他在听说明朝廷大动荡、魏忠贤只手遮天的消息后,便打算进京面圣。

这事被魏忠贤安插在孙承宗身边的眼线知道了,此人快马加鞭,赶在孙承宗前面回到京城,向魏忠贤通风报信。魏忠贤跑到熹宗跟前谎称孙承宗拥兵自重,容不下自己。魏氏党羽也进言诋毁孙承宗有反叛之心。熹宗听信谗言,命令这位曾经的帝师返回辽东。

孙承宗连京城都无法踏足,心灰意冷之下悻悻(xìng xìng)然辞官。魏忠贤乐于看到这样的场面,催促明熹宗尽快批准,还推荐兵部尚书高第继任辽东经略。

高第也只会纸上谈兵,他到了山海关之后,认为周围的防御过度,命人把孙承宗建造的堡垒全部拆除。清兵收到消息后,一鼓作气地攻打宁远。高第被打了个措手不及,再加上不熟悉军队布置,只守不攻,场面十分狼狈。

好在宁远前参师袁崇焕此前拒绝听从命令,不仅保留了周围的堡垒,还提前准备好西洋大炮,这才打退了清兵。

战况传到京城,熹宗马上把高第革了职,改任王之臣为辽东经略,袁崇焕为辽东巡抚。

同年,袁崇焕获悉满洲太祖努尔哈赤病故,他的第八个儿子皇

太极继位,史称清太宗。皇太极一边派人私下跟袁崇焕议和,一边率兵攻打朝鲜,报复朝鲜此前出兵相助明军。

袁崇焕刚打算支援朝鲜的时候,东江总兵毛文龙又传来急报,说是清兵大规模进入边境,却不主动进攻,情况不明。袁崇焕知道这是清太宗使的双重计谋,议和是缓兵之计,入境是疑兵之计,以此来试探自己的态度。

袁崇焕只得派出水师支援东江,又命赵率支援朝鲜。令他没想到的是,朝鲜军在清兵的进犯下不堪一击,国王李倧狼狈地弃王城逃跑。没过多久,朝鲜跟清太宗议和的消息传到袁崇焕的耳朵里,他越发抓紧修筑边防,提防两国联合起来攻打辽东。

袁崇焕与王之臣两人的战略意见常出现分歧,明朝廷考虑到袁崇焕的作战能力,把王之臣召回京城,改任袁崇焕统率关内外各军。没过多久,清兵忽然进攻锦州。锦州由袁崇焕的手下大将赵率镇守,袁崇焕又派总兵祖大寿率精兵四千前去支援,绕后阻击清军。

清兵攻不下锦州,想去攻打宁远的时候,被埋伏的明军击退。

战报传到明朝廷,熹宗却听信了魏忠贤的话,不但没有嘉奖袁崇焕的功绩,反而下旨斥责他拥兵不救、功不抵罪。袁崇焕接到圣旨,一怒之下辞官回乡,把统帅一职拱手让给王之臣。

这魏忠贤好端端的,为何又要陷害袁崇焕呢?原来,辽东一直以来都有太监监军。从熊廷弼到孙承宗,再到如今的袁崇焕,都没有给他们送过厚礼。这些太监都是魏忠贤安插在边境的耳目,作用是替魏忠贤搜刮边境军饷。魏忠贤从这几人的手中拿不到贿赂,自然是逐个栽赃陷害。

没过多久,年仅二十三岁的熹宗病逝,由皇弟信王朱由检继位,史称明怀宗。

怀宗继位后,朝中有越来越多的人实名弹劾魏忠贤。一时间,

44. 魏党倒台

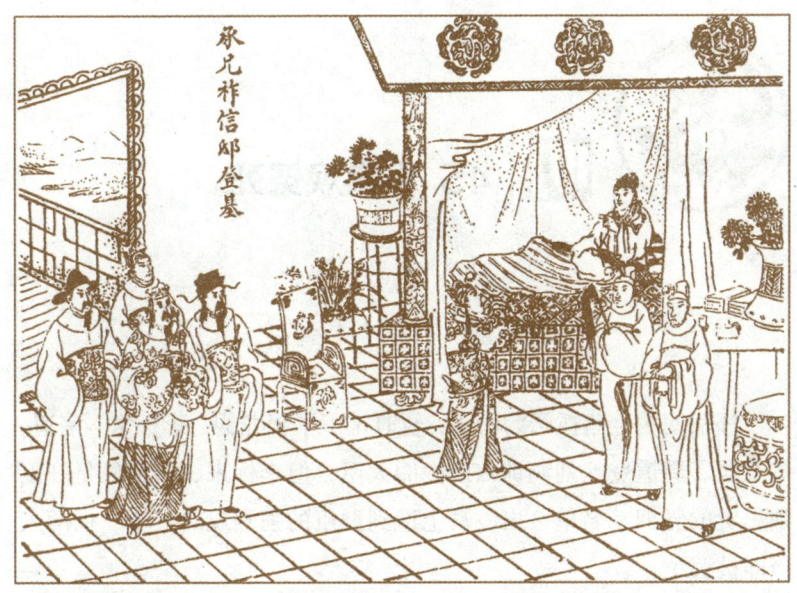

弹劾的奏折如同雪花一般飘到怀宗的手里。怀宗命人当场遍数魏忠贤的罪状，吓得魏忠贤胆战心惊，一连磕了数十个响头。

被斥退后，魏忠贤连忙央人到怀宗跟前求情，怀宗根本不为所动，当即下了一道圣旨，将他贬去凤阳守皇陵。

这道圣旨虽然把魏忠贤贬到偏远之地，但也留住了他一条性命，更连皮肉都未曾伤他毫分。没想到魏忠贤心高气傲，临走时仍不改招摇铺张的习性，竟带了几百个随从护送自己。

明怀宗终于不再忍耐，命锦衣卫捉拿魏忠贤。魏忠贤提前收到消息，害怕被自己欺压过的人严刑拷打，匆忙解下身上的腰带自尽了。不久后，客氏也伏法，被捉到浣衣局活活打死。

怀宗先是派人抄了魏忠贤的家，又让人拆除全国各地的魏氏生祠，被魏忠贤诬陷屠杀的东林党人也尽数得到正名。而魏忠贤的余党多达两百多人，逐一被处死或治罪。

# 明 | 45. 袁崇焕冤死

怀宗使用金瓶抓阄的法子，暂时定下了钱龙锡、李标来、宗道、杨景辰、周道登、刘鸿训六位内阁大臣，但李标来、杨景辰是奸臣魏忠贤的党羽。名单一出，马上遭到群臣的强烈反对，李、杨两人当即被罢免。

刘鸿训又接连上奏弹劾魏党余孽，他的举动遭到对方的记恨。一番明争暗斗之下，刘鸿训落败了，被贬去代州。这下可好，内阁只剩下三个人。在这之后也有新的名单补上来，但因为内部的派系斗争，互相泼脏水抹黑，导致无法令群臣意见一致，此事也就只能暂时搁置。

崇祯二年（1629年）五月初，钦天监误报日食天象，遭到了怀宗的严厉批评。钦天监之所以会报错，是因为明朝的历法仍参照尧帝时期的旧历。虽然元朝郭守敬根据气象变化撰写了《授时新历》，但还是不够精准。

吏部左侍郎徐光启结识了一些洋人朋友，对西学颇有研究。他发现西方历法比明朝现行的历法精准许多，便上疏怀宗，请求参考西方历法重新修正明朝历法，并且推荐了懂得天文历数的西洋人龙华民、邓玉函。怀宗点头答应，提拔徐光启为礼部尚书，监督历局制定历法一事。

45. 袁崇焕冤死

徐光启上任之后，跟历局的人一起研制出象限悬仪、平面悬仪等仪器六式观测天象。除此之外，他还撰写了《测天约说日躔（chán）表》《通率表》等著作，翻译了《几何原本》，对后世有着极高的参考价值。

以上种种，无论是政治还是历法，皆是明朝的内部优化。但怀宗真正忧心的，是日渐壮大起来的清兵。

怀宗刚即位的时候，重新起用袁崇焕。袁崇焕入见怀宗时说道："如果陛下准许臣便宜行事，五年内必定收回辽东。"怀宗答应了，还赐给他尚方宝剑。

袁崇焕此番奔赴辽东，第一年操练军队、修建边防、戍兵屯田，取得了一定的效果。但袁崇焕跟长期镇守东江的毛文龙之间出现了矛盾，毛文龙不服从袁崇焕的管制。袁崇焕想把东江岛的岛民都收编入队，毛文龙不乐意了，他认为东江岛是自己苦心经营起来的，不容许他人前来干涉。

袁崇焕微笑着说："我当然知道你镇守在这里的劳苦功高，为你着想，你倒不如衣锦还乡，还能过几天清闲的日子。"

毛文龙听了，感慨地说："我也有这样的想法，可惜现在关外的贼寇不平，这些事情没办完，我不放心别人来办，等到平叛了贼人再衣锦还乡，想必也不迟。"说完，毛文龙大笑起来。袁崇焕则没有再说什么。一来二去，袁崇焕彻底怒了，干脆来了个先斩后奏，请出尚方宝剑杀了毛文龙。怀宗听到毛文龙被斩杀的消息，虽然心中一惊，但也不好发作，任由袁崇焕去了。

毛文龙死了，他收养的两个儿子想为他报仇。这两人一个叫孔有德，另一个叫耿仲明。他们暗地里画了山海关的地图，拿着投靠了清军。

清太宗大悦，命令两人仍然留在东江，与清军里应外合。接着

清太宗让蒙古人给自己当向导，兵分两路大举入关，一路杀到遵化的三屯营。

袁崇焕接到圣旨，派出总兵赵率援助三屯营。赵率突破重围杀到营门的时候，三屯营的守将朱国彦却不敢开门。最后赵率被围攻致死，朱国彦屈辱自尽，遵（zūn）化很快失守。

虽说各地的明军都调兵支援，但面对清兵一往无前的气势，都不敢迎战。清太宗一鼓作气，直逼京城脚下。幸好有袁崇焕率领大军入京护卫，这才没有让清太宗一举攻破城门。

清兵气势汹汹，但是无奈明军按兵固守，清军几番反扑都被打退，双方僵持了好几天。正在此时，怀宗突然下了一道圣旨，列举袁崇焕杀害毛文龙、派兵支援不及时的罪状，命人将其捉拿入狱。

怀宗为什么会在两军交战之际捉拿主帅呢？

原来，当初袁崇焕担任辽东经略时，与满洲互通使者，有意议和，后来因协商不成和谈破裂。朝中一些大臣不明实情，指责袁崇焕不战而和，有辱大国威名，甚至污蔑他引清兵入关。怀宗听后，不由得对他产生了怀疑。

恰巧清太宗探得虚实，利用明朝廷对袁崇焕的不信任，故意安排人伪造了两封信扔到宫门外，被宫中太监捡去，呈给了怀宗。

明怀宗看到这两封你来我往的议和信，更加怀疑。这个时候，被清兵囚禁的杨太监逃了回来。杨太监入宫拜谒明怀宗，说："督师袁崇焕，偷偷和关外的建州人签订和约，这就是城下之盟啊！"

明怀宗听了，阴沉着脸，有些不敢置信："当真有这件事？"

杨太监随即说："这是奴才偷偷从敌将那里听来的消息，我趁着夜色好不容易才逃出来，就是为了给陛下通风报信。"

明怀宗一听，满腔怒火顿时压不住了，生气地说："怪不得他一直按兵不动，原来是为了这件事。之前他擅自杀了毛文龙，难道

45. 袁崇焕冤死

现在还要擅自议和吗?"

杨太监又说了几句袁崇焕的坏话,明怀宗越听越气。其实,这杨太监偷听到的对话,是清兵故意说给他听的。

结果,怀宗对袁崇焕彻底失去了信任,把他关入了大牢。不久后,袁崇焕在闹市被斩杀。

此时清兵因为军粮不足,并没有直接攻入京城,而是在附近一带烧杀抢掠。之后清兵猛攻永定门,明总兵满桂、孙祖寿誓死坚守,结果纷纷战死。

清太宗认为明朝都城一时还难以攻克,而且就算一时攻下了,也难以在各地勤王军的围攻下全身而退。于是命大军劫掠一番后,扬长而去。

再说起国内的局势,除了所向披靡的清兵之外,各地均有强盗作乱。强盗盛行的原因很多,有灾荒的缘故,有税赋过重的缘故。

究其根本，还是跟朝廷的腐败脱离不了干系。这些强盗少部分被朝廷招安，大多数都发展壮大起来。

在声势浩大的盗贼头目中，有初露锋芒的李自成和张献忠。

 明 | **46. 李自成起兵**

李自成原本也当过小兵，在朝廷裁军之后被迫失业。加上他欠下不少的债务，走投无路之下，便加入了强盗的行列。李自成这人有勇有谋，没多久就当上了强盗中的头目，还跟着闯王高迎祥攻打山西、河南等地。

此时，张献忠也名声不小。他是明末强盗头目里难得的读过书

的人，有一定的谋略，一开口便讲得头头是道，颇有朱元璋年轻时的风范，吸引了不少的强盗加入其阵营。张献忠联合高迎祥，分头在山西横行霸道。

朝廷派出总督洪承畴（chóu）和总兵曹文诏清剿强盗。两人商量过后，决定先清扫秦地的盗贼，再铲除山西的高迎祥等人。

曹文诏此人领兵勇猛无敌，接连剿灭好几处贼窝，又与甘肃明军会师，合力生擒杜三、杨老柴等嚣张悍匪。接着，曹文诏巧妙使用反间计，让强盗之间掀起内斗，借贼党之手杀了红军友。

曹文诏一路过关斩匪，关中地区的强盗被他剿灭了大半。当地巡抚和巡按御史都上奏朝廷，推举他为第一功臣。只有总督洪承畴不仅在奏折上只字不提曹文诏，还暗通兵部，把为曹文诏请功的奏折压了下来。

结果朝廷没有赏赐曹文诏，只是下令让他立即围剿山西盗贼。

曹文诏也没有多少怨言，休整好军队便直接出发了。一路上，曹文诏奋勇追击敌寇，刺死混世王，斩杀滚地龙，驱逐了山西寿阳、泽州的强盗。其余的强盗听说曹文诏来了，吓得四散而逃，根本不敢正面交战。

正当曹文诏打算乘胜追击的时候，却遭到奸臣弹劾，指责他骄傲自大，气焰嚣张，被迫调回大同驻守。

高迎祥听说曹文诏退回大同，心里的巨石落了地。但是他前后都被明军包围，无法直接脱身，思前想后他决定诈降，假意接受朝廷招安。

此时投降，用意昭然若现。各地的兵官看到高迎祥带着金银财宝来投降，都不敢接受。唯独太监杨进朝贪财，替高迎祥在怀宗面前求情不说，还勒令明军不得对高迎祥开战。

高迎祥等人安全脱身后流窜到湖广一带，大肆劫掠，朝廷再次

46. 李自成起兵

调动各方军队围剿。经过大小几十场仗之后,贼寇团伙有十几个头目被杀,一万多名手下被斩首,可谓元气大伤。

高迎祥和李自成胡乱逃窜,逃到了汉中的车厢峡。这峡谷口有明军把守,谷内又地形复杂,山路绵延被荆棘覆盖。眼下军粮已经所剩无几,李自成只能拿着珍宝去贿赂兵部侍郎陈奇瑜,假装自己想投降。

陈奇瑜看到李自成自缚双手下跪求饶,他身后三万六千多名贼寇也缴械投降,便放松了警惕。他收下这些珍宝,每一百个强盗仅仅安排一个安抚官押送,还下令沿途各州县提供粮食。

在走了几十公里之后,李自成突然跳出把面前的安抚官杀了。其他强盗见了纷纷效仿。陈奇瑜因此遭到朝臣弹劾,被贬边疆。

这个时候,冒领曹文诏功劳的洪承畴被迫站了出来,继任陈奇瑜的位置。洪承畴已经总督三边、兼管五省,可以说是分身乏术。

此时山西、陕西、河南等地灾荒不断,即便是朝廷开仓救济,也不过杯水车薪,根本无济于事。并且由于太监们监守自盗,朝廷发放下来的赈灾救民款额也少了一半,最后真正落到灾民头上的根本没剩下多少,越来越多的灾民自愿加入强盗的阵营。

因此,当高迎祥、李自成来到陕西之时,队伍的人数已经增加到二十几万。这群强盗在本地抢劫一空之后,开始祸害周边地区。洪承畴刚派人前往山西,李自成等人马上逃窜到河南。

这个时候,贼寇们收到洪承畴要亲自率军攻打他们的消息,便齐聚在河南荥(xíng)阳商议对策,参与的有高迎祥、李自成、张献忠等十三个盗贼头目。

这群强盗你一言我一语,商量来商量去都没个结果。李自成拍桌而起,直言二十几万大军应分头出兵,跟明军拼个你死我活。其他的强盗听了李自成的话,都跟打了鸡血一样,跃跃欲试。

贼寇兵分几路,开始大肆烧杀抢掠,还把位于安徽的皇陵给烧了。皇陵烧毁的事情地方官瞒了几个月才敢上报。怀宗这边刚安排人到安徽,那边的贼寇听说了,又不约而同地逃往陕西。

曹文诏知晓此事后主动请求出战,洪承畴自然答应,但以手上无兵为由,不给曹文诏更多的人马。曹文诏无可奈何,只能率领手下的三千人孤军深入。

没过多久,曹文诏少不胜多战死。怀宗让人厚殓(liàn)曹文诏,又提拔卢象升当兵部侍郎。自此之后,洪承畴管西北,卢象升管东南,明朝的军事才稍有好转。

# 明 | 47. 温体仁排除异己

先前说到明朝内阁人选难以确定,从崇祯三年(1630年)到崇祯九年(1636年),六年间阁臣变动了好几次。但无论人员怎么变动,内阁一个叫温体仁的大臣,却如殿中柱一般屹立不倒。

这温体仁任职期间,并没有一点政绩,遇到任何需要裁决的国家大事只是禀告怀宗。在怀宗眼里,此人谦虚恭顺,分析事情头头是道,宛如明代诸葛亮,于是任命他为内阁首辅。

但实际情况是,温体仁为人心胸狭窄,只要是不符合他心意的,都会被驱逐出内阁。即便是自己的门客,帮助过自己的人,只要稍微顶撞了他,最后都要么丢了官职,要么被流放到蛮荒之地。

前阁臣钱谦益因受了温体仁的排挤,一直隐居在家,本以为这样就平安无事了。没想到有个混混因为找钱谦益帮忙被拒绝,竟然跑到京城告状。这混混信口开河,谎称钱谦益在家里指点江山,折辱朝廷百官。

温体仁听了这样的大话,却跟捉到了把柄似的,二话不说便派人把钱谦益抓了起来。钱谦益可谓是飞来横祸,他走投无路之下,只好找怀宗身边的红人司礼监曹化淳求情。

温体仁的党羽张汉儒获知详情,秘密报告给温体仁。温体仁一不做二不休,连同曹化淳也一并弹劾了。

曹化淳立即来到怀宗面前哭诉,并请求亲自审查钱谦益案。曹化淳的办事效率很高,没多久就还了钱谦益的清白。而怀宗得知温体仁这些年一直陷害良臣之后,勃然大怒,直接削了温体仁的官职,贬为平民。

经过这件事,太监的地位在京中扶摇直上。京城内的监军由曹化淳担任,京城外的监军由高起潜担任。高起潜和曹化淳都是宦官出身,没上过战场,对军事策略一窍不通。高起潜刚上任没多久,就碰上了个火烧眉毛的大难题。

原来先前从京城撤兵的清军,在京城周围抢夺了一番物资后,扭头去打了朝鲜。清军征服朝鲜之后,又浩浩荡荡地攻打明朝,一直打到了牛栏山。高起潜虽然率军驻守附近,但是他不战而退,由得清兵从卢沟桥杀到良乡,拱手相让了四十八座城池。

此时,在怀宗的安排下,卢象升、高起潜和兵部尚书杨嗣昌分

47. 温体仁排除异己

拥兵权。杨嗣昌来到卢象升的军营中，和他商议和议的事情，让卢象升不要轻举妄动。卢象升很不满，说道："你们坚持和议，难道忘了城下之盟是一种耻辱吗？难道你们不怕落得和袁崇焕一样的下场吗？"

杨嗣昌被他这么一说，顿时面红耳赤，过了很久才说道："像你这么说，是不是要用尚方宝剑杀了我？"

卢象升气急了，说："我不能奔丧，也不能出击，尚方宝剑要杀的人应该是我自己，哪能轮得到别人？"

杨嗣昌又说："好了，不要再用那些流言飞语来说事了。"

卢象升直接说道："要和议的事情全国皆知，哪有什么隐讳。"

杨嗣昌听了，面带不快起身而去。

过了一天，卢象升又找高起潜谈不要和议的事情，结果也说不到一起。

这时，清军忽然来犯。卢象升有勇有谋，一心要杀退清军，但是另外两人不予支援，最后卢象升落得个战死沙场的结局。

让明朝廷感到侥幸的是，清兵此番入关，只是为了抢掠一番，并没有夺占土地。但一波未平，一波又起。这边清兵刚满载离去，那边贼寇又开始作乱。

原来，中原的贼寇之所以时起时灭，究其根本是因为他们深谙"诈降"之道。每当打不过明军的时候，张献忠、李自成等头目就假意投降，一转身就趁明军毫无防备的时候杀掉他们的将领，有组织地起兵谋反。而原本的明军士兵，有的人或被迫或主动成为贼寇的一分子。

有些地方的守将要么不敢迎战，要么收受贿赂不战而退，少有能与贼寇一较高低的。因此，李自成等人几乎可以说是百战百胜。即便是受到围困，也因明军将领互生嫌隙、意见不合而寻机逃出生天。

以至于到了后来,李自成进攻河南的时候,甚至有明军在城门上跟他们这群城下的贼寇插科打诨(hùn),俨然一副不设防的样子。而张献忠也一路流窜奔袭,杀到了襄阳,成功夺下这个物资富饶的地盘。

河南沦陷,襄阳失守,全国各地战火蔓延,明朝政权开始摇摇欲坠。

明 48. 失去议和机会

眼看着贼寇闹得越来越严重,但是明军始终没有取得显著的战绩,朝臣们似乎都无计可施。最后明朝廷相信风水之说,命陕西巡抚汪乔年派人毁坏李自成老家的祖坟,意在坏其气运。

汪乔年破了李自成家的祖坟,自认为有了把握,便带着三万人马赶往襄阳。等到了襄阳城下,汪乔年却迟迟不敢进去,只在附近搭建营寨。

襄阳早被贼寇掠夺过一番,此时城破楼空,贼寇也消失得无影无踪。汪乔年刚在城下安营扎寨,一旁的贼寇便蜂拥而至。汪乔年入城驻守,抵抗了五天五夜,精疲力竭之下被贼寇捉去。

怀宗看这群人一个都靠不住,只好从狱中起用孙传庭,提拔他为兵部侍郎。

孙传庭深谙兵法,作战勇猛。先前他几次围困李自成,差点将其势力全部歼灭。不巧的是清兵入关骚扰,孙传庭被急召回京支援,这才给了李自成苟延残喘的机会。而卢象升战死后,孙传庭被任命总督保定、山东、河北军务。由于杨嗣昌主和,高起潜不懂军事,孙传庭跟这两人意见相左,时常愤懑不满。

杨嗣昌担心孙传庭出言危及自身,一边对他的会面请求视而不见,一边频繁催促他快点上任。孙传庭恼怒之下称病罢官,却不想

被杨嗣昌暗中告了一状，说他临阵脱逃。怀宗听信谗言，下令将孙传庭逮捕下狱，一直到国家危急存亡之际，才想起来这一个猛将。

此时开封传来急报，明朝廷安排左良玉等将领派兵支援。没想到这些人逼近开封，却都避而不战。明朝廷下旨催促孙传庭即刻出兵，孙传庭奏称军队里大多是没有接受过训练的新兵，不适合立即上战场，请求调拨精锐部队。

可明朝内忧外患数年，哪里还有精锐部队？

无可奈何之下，孙传庭只能带着这支并不成型的军队出发。大军刚走到潼关，孙传庭就收到开封沦陷的消息。满城财物与人口都被贼人卷走，明军用新型大炮猛烈轰炸贼船，才勉强将部分百姓与物资夺回。

这群贼寇在开封扫荡过后，又把目标转向了南阳城。孙传庭也非等闲之辈，他听说老对手李自成在去往南阳的路上，便日夜兼程绕小路赶往南阳。等到了南阳之后，孙传庭先派出一支军队在前面吸引李自成，引诱其领兵深入，再与其他几支军队合力突袭。

李自成中计之后，仓皇带着军队逃窜，一边撤退一边扔下不少的粮食和武器。孙传庭手下的这支军队大部分是新兵，其中有不少人是饥民，他们看到这些粮食疯了般去抢夺。孙传庭在他们身后大声喝阻，这群人充耳不闻。

没过一会儿，李自成突然又率军反杀，把明军吓得四散而逃。连孙传庭都只能骑马逃命。

河南经过贼寇的几番践踏，已经满目疮痍（chuāng yí），连明朝廷也不再设立官员管理。看到中原如此混乱，一直坐山观虎斗的清太宗也出兵锦州。清太宗不急不缓，跟明军在锦州磨耗了几个月，最后生擒大将洪承畴。

这一战明朝接连失去数名虎将，只剩下孙传庭孤军奋战。怀宗

48. 失去议和机会

看到局面难以挽回，起了议和的心思。恰好这时兵部尚书陈新甲暗中呈上奏折，劝说怀宗议和，怀宗干脆秘密派他负责此事。

陈新甲派使者与清太宗议和，清太宗倒也答应了，双方开始暗中谈判。本来这件事办得悄无声息，但陈新甲把议和文件随意摆放，书童误以为是军事情报，转给各处传抄。一时间，明朝要与清军议和的消息传遍全国。

陈新甲因为是接了怀宗的密旨，不但没有悔过之心，反而自认为有功。怀宗本就觉得议和一事十分屈辱，又因为陈新甲忤逆自己，便命人将他斩首示众。

这下可好，明朝失去了跟清军议和的最后一个机会。

清太宗以明朝出尔反尔为由，大举进攻蓟州，很快逼近京畿。这时孙传庭正忙着追击贼寇，朝臣中只有文官周延儒毛遂自荐，明朝廷只能派他迎战。

周延儒到了通州,却避而不战,在军营里吃好喝好,愣是跟清兵消磨了好几个月。不仅如此,周延儒还假传捷报,拿到了丰厚的赏赐。

怀宗得知真相的时候,清兵和贼寇已经侵蚀了明朝的半壁江山。各地战火蔓延,怀宗无暇去治周延儒的罪,仅仅将他革职了事。过了一段时间后,周延儒再度被弹劾行贿,落得一个自尽的下场。

反观此时的中原,孙传庭带领的军队不仅良莠不齐,连军粮都无法及时补充。再加上手下的将领时不时擅自莽撞出兵,没过多久,孙传庭也惨淡战死。

自此,明怀宗彻底失去了最后一个足以对抗外敌的武将。

49. 明朝灭亡

明朝江山动荡不安,而中原的流寇发展势头越来越猛。这头传来李自成建国的消息,那头发来张献忠称王的急报。警报如同雪花一般飞往京城,怀宗批阅奏折到半夜,常常泪流不止。

明朝末年,无数忠臣战死、藩王被屠,剩下的官员无非是东躲西逃和投敌叛变两种选择。怀宗深知罪孽深重,让文官范景文主笔,拟了一道罪己诏。

此时怀宗颁布罪己诏,作用已经微乎其微。没了老对手孙传庭的阻拦,李自成轻松杀入居庸关。一路上还有官员大开城门,如入无人之境。等到了京城脚下,李自成也不急着攻城,派出投降的太监找曹化淳谈话。

当时怀宗命曹化淳募兵守城,但曹化淳早有异心,国难当前还克扣军饷。曹化淳看到李自成派人过来,自言想要入城见皇帝,正好曹化淳也一心想要献城,再加上李自成的军势十分强盛,曹化淳便与对方商议起来。

曹化淳说:"你想进城,应该送个人质过来。"

已经投降了李自成的太监杜勋高声说道:"我是杜勋,你还怕我吗?还用什么人质?"

曹化淳于是命令士兵将杜勋拉上城墙,两个人说了一些不为他人所知的话，曹化淳随即送他入宫劝降明怀宗。

大臣们看见杜勋，将他制服，要求明怀宗杀掉他。

杜勋笑着说："我死了，秦王和晋王也别想活。"怀宗气汹汹地赶走了他。此刻的曹化淳却早已无心恋战，故意让明军朝着天空放出空炮，假装在积极应敌。

怀宗仍对战事抱有侥幸心理，打算御驾亲征。但令他措手不及的是，曹化淳已经悄悄打开城门，把李自成等贼寇放了进来。当时已经是深夜，上至内阁大臣，下到皇宫里的太监、宫女，大部分都带着家当逃跑了。

京城内外战火绵延，怀宗勉强熬到黎明时分，敲钟召唤百官，等待好一会，无一人前来。怀宗明白明朝命数已定，咬破手指写下遗诏藏在衣服里，然后凄然上煤山自缢了。

明怀宗煤山殉国

49. 明朝灭亡

明朝从洪武元年算起，崇祯十七年止，历经二百七十七年，共计十六位皇帝。末位皇帝明怀宗自缢时年仅三十五岁，他的离世代表着大明王朝两百多年的政权分崩离析。

李自成入宫之后，把皇宫先是洗劫了一番，再住进宫里当了好一阵子的逍遥皇帝。但好日子没过多久，李自成突然收到急报，说是总兵吴三桂拒绝投降，带兵攻打京城。

吴三桂先前镇守山海关，收到父亲吴襄的招降信之后，本来有意归顺李自成。但又忽然听说李自成抢了自己的爱妾陈圆圆，勃然大怒之下，率兵直逼京城。可还没等他走近，大批清兵逼近山海关，而李自成又派兵对抗吴军。

吴三桂腹背受敌之下，决定和清兵结盟。此时的大清由于清太宗逝世，顺治帝年幼，兵权集中在摄政王多尔衮手上。吴三桂和多尔衮商议过后，决定由吴军当前锋，清兵作为后应，强强联手对抗李自成。

李自成蜗居京城，本就荒于操练军队，派去的兵打不过吴三桂。李自成怕被围困，便听了陈圆圆的提议，把她留在京中拖住吴三桂，自己带着金银珠宝逃跑。临走前，李自成还放了一把火。

吴三桂入京后找到陈圆圆，两人团聚，喜不自胜。多尔衮则入主皇宫，下诏安抚京城百姓，又将前朝皇帝、皇后体面下葬，还妥善安顿了残存的皇室宗亲。京城百姓看到清兵对他们以礼相待，便也放宽了心。

而李自成带着一堆金银珠宝东躲西逃，被吴三桂、孔有德等大将一路追击，身边的随从所剩无几。等李自成逃窜到武昌的时候，有村民认出他就是迫害中原的大强盗，将他围殴致死。

没过多久，年仅七岁的顺治入关称帝，在多尔衮的辅佐下，颁布一系列治国政策，逐步奠定清朝版图。

而残余的明朝势力，曾经试图扶持几位旧朝藩王称帝，都翻不起滔天巨浪。无论是后劲不足的弘光帝、空有余威的永历帝，抑或是三代镇守台湾的郑成功一族，他们都如同局部的阵雨，最终在历史的更迭中干涸。

明朝覆灭，大清时代正式开启。